FOLIO JUNIOR/**SAFARI** NATURE

Déjà parus dans la série

SAFARI NATURE

1. SUR LA PISTE DU LÉOPARD
2. LE ROCHER AUX SINGES
3. LA CHARGE DES ÉLÉPHANTS
4. RHINOCÉROS EN DANGER
5. AU SECOURS DES LOUPS D'ABYSSINIE
6. OPÉRATION ZÈBRE
7. LES VOLEURS DE PERROQUETS
8. LE RÉCIF DES TORTUES
9. LA COLÈRE DU LION
10. LE CHIMPANZÉ ORPHELIN

Elizabeth Laird

LE CHIMPANZÉ ORPHELIN

traduit de l'anglais
par Vanessa Rubio

SAFARI NATURE

FOLIO JUNIOR/**GALLIMARD** JEUNESSE

Pour Shaun, Craig et James, dont les grands-parents, Sheila et Dave Siddles, m'ont accueillie chaleureusement dans leur refuge pour chimpanzés au Kenya. Ils m'ont présentée à Stephan, Louise, Roxan, Barbie, E.T., Sampie, Brian, Thomson, Clement, Doreen, Junior et tant d'autres, qui sont montés sur mes genoux, ont défait mes lacets, m'ont épouillée, se sont promenés sur mes épaules, ont retourné mes poches et m'ont fait mille câlins et bisous. Jamais je ne les oublierai.

Les éditions MacMillan jeunesse et Elizabeth Laird aimeraient aussi remercier Karl et Kathy Ammann, spécialistes des chimpanzés, et Charles Mayhew de Tusk Trust qui les ont aidés dans leurs recherches.

Consultants: Dr Shirley Strum, avec le soutien du Dr David Western, ancien directeur du service de protection de la faune du Kenya

Titre original : WILD THINGS / *Chimp Escape*
Edition originale publiée par Macmillan Children's Books, 2000
© Elizabeth Laird, 2000
Tous droits réservés
© Gallimard Jeunesse, 2001, pour la traduction française

C'était depuis longtemps l'un
des endroits préférés des chimpanzés.

Il y avait une chute d'eau claire et fraîche qui tombait en cascade sur les rochers jusque dans un petit bassin en contrebas, encadré par deux figuiers géants. De leurs branches massives qui s'élevaient vers le ciel sans nuages pendaient d'épaisses lianes, solides comme des cordes.

Les chimpanzés étaient arrivés à la mi-journée. Le grondement et les éclaboussures de la cascade plaisaient particulièrement aux jeunes mâles. Ils se balançaient au-dessus du bassin en s'accrochant aux lianes et s'amusaient à se lancer des défis. Ils empoignaient les branches des figuiers et les secouaient violemment pour faire étalage de leur force et de leur courage. Les oiseaux s'envolaient en piaillant, effrayés par tant de vacarme. Ils tournoyaient dans les airs avant de se reposer dans un coin plus tranquille.

Une jeune mère chimpanzé avec son petit sur le dos s'était réfugiée dans les plus hautes branches de l'arbre pour déguster tranquillement les figues mûres à point. Elle s'installa confortablement et son petit escalada son épaule pour se blottir contre sa poitrine. Il prit longuement la tétée avant de glisser un œil vers les mâles qui fanfaronnaient en contrebas.

Avec un grognement de plaisir, sa mère cueillit une nouvelle figue. Elle la mangea avec délicatesse, ses lèvres épaisses déchirant la chair sucrée pour en tendre de temps à autre un petit morceau à son bébé.

Ils n'avaient pas remarqué les silhouettes qui s'approchaient furtivement de leur arbre. Au dernier moment, les grands yeux bruns du petit distinguèrent une chose grise et longue pointée sur lui. Il l'examina avec une curiosité naïve.

Effrayés par la détonation du fusil, les chimpanzés se dispersèrent, mais la mère du petit chancela sur sa branche et tomba comme une pierre dans le bassin. Son bébé l'accompagna dans sa chute et, alors que l'eau froide se refermait sur lui, son ancienne vie disparut pour toujours.

Des mains humaines l'empoignèrent sans ménagement pour le tirer de l'eau. Il hurlait de peur et appelait sa mère, terrorisé. On l'avait aussi sortie de l'eau. Elle gisait sur le sol avec une blessure sanglante au flanc. Alors qu'elle rendait son dernier souffle, les hommes riaient et se réjouissaient du succès de leur partie de chasse.

Chapitre 1

ATTERRISSAGE D'URGENCE

– Ça va, mon poussin ?

Mlle Hamble était assise juste devant Afra dans le petit avion de treize places. Pour lui parler, elle devait se contorsionner et hausser la voix afin de couvrir le bruit du moteur.

– Oui, oui, réussit à répondre Afra avec un faible sourire.

En fait, ça n'allait pas du tout. Son estomac montait et descendait au rythme des trous d'air que l'avion rencontrait en survolant les vertes forêts du Congo. Elle avait l'impression de faire du rodéo.

« Je ne vais pas être malade, se répétait-elle, alors que des gouttes de sueur perlaient à son front. Non, pas question. »

Elle était déterminée à se conduire en adulte. Elle avait déjà voyagé seule mais, cette fois-ci, c'était différent : elle était vraiment toute seule, sans son père, sans sa nourrice, sans ses amis. Et elle se rendait dans un pays où elle n'était encore jamais allée, pour passer une semaine avec la petite amie française de son père. Elle avait des tas d'affaires neuves dans son sac et, ce matin, elle avait osé mettre un peu de blush sur ses joues. Elle se sentait vraiment « grande », maintenant.

« Alors je ne vais pas vomir comme une petite gamine. Ça gâcherait tout », se dit-elle en se raidissant pour lutter contre la nausée.

Elle fixa son attention sur les boucles gris cendré de Mlle Hamble. Elle était impeccablement coiffée. Pas un cheveu ne dépassait sur le col blanc immaculé de sa robe fanée.

Afra détourna les yeux. C'était bien la dernière chose dont elle avait besoin à ce moment. Elle avait détesté cette bonne femme à la minute où elle l'avait vue.

– Ne vous faites pas de soucis, professeur Tovey, avait-elle dit au père d'Afra à l'aéroport de Nairobi. Je remettrai votre fille saine et sauve aux mains de votre amie à Luangwa. Il y aura une ou deux escales sur le parcours, pour régler quelques affaires de la mission, mais nous arriverons à l'heure du thé. Votre amie est prévenue ?

Prof avait brièvement fermé les yeux, puis il s'était repris pour répondre :

– Oui, Marine Delarue l'attendra sur la piste d'atterrissage.

– Tu as vraiment de la chance, Afra ! s'était exclamée Mlle Hamble. Tu te rends compte, tu fais tout le voyage du Kenya en Zambie, juste pour aller voir des animaux !

Peut-être qu'il y aura des éléphants. Et des lions ! Ce serait merveilleux, n'est-ce pas ?

Afra l'avait dévisagée, incrédule.

– Des éléphants ? Franchement, si je voulais voir des éléphants, je n'irais pas en Zambie !

– Oh, mademoiselle s'y connaît, je vois, avait répliqué la vieille dame un peu sèchement. Eh bien, éléphant ou pas, je me charge de te conduire à bon port. En principe, les avions de la mission ne desservent pas les réserves animalières, mais on peut bien faire un petit détour pour vous, professeur Tovey…

– C'est très gentil de votre part, avait chaleureusement répondu Prof en évitant de croiser le regard de sa fille. J'aurais aimé pouvoir vous accompagner, malheureusement, j'ai encore deux cours à assurer cette semaine. Mais…

– Mais vous ferez un saut à Luangwa ce week-end, avait complété Mlle Hamble, comme si traverser près de la moitié de l'Afrique, survoler des milliers de kilomètres de forêts, de lacs et de savane, était aussi commun que de descendre à l'épicerie du coin. Bon, je ne voudrais pas faire attendre notre pilote. Il est temps de dire au revoir à ton papa, Afra.

Le souvenir de cette conversation avait détourné l'attention d'Afra de son estomac et elle fut ravie de constater que l'avion volait plus tranquillement désormais. Elle glissa un œil vers le passager qui occupait le siège de l'autre côté de l'allée.

C'était un garçon africain qui devait être un tout petit peu plus vieux qu'elle. Il ouvrit les yeux brusquement, comme s'il avait senti qu'on l'observait, et il se tourna vers Afra. Ses mains, qui étaient jusqu'à présent crispées sur ses genoux, se détendirent.

– Tu as eu peur, hein ? demanda-t-il. Surtout au moment où l'avion a été vraiment secoué.

Afra fronça les sourcils.

– Moi, peur ? Mais pas du tout.

Le sourire moqueur du garçon faiblit un peu.

– Je m'appelle Mwape. Et toi ?

– Afra.

Elle replaça une mèche rebelle derrière son oreille et reprit :

– Tu as dit que tu t'appelais Mwape, c'est ça ? Je n'ai jamais entendu ce nom-là.

– C'est un nom zambien, répliqua-t-il fièrement. C'est normal que tu ne connaisses pas.

– Mais je suis à moitié africaine. Et je parle swahili, protesta Afra, vexée.

– En Zambie, on ne parle pas beaucoup swahili. Je suis de la tribu des Bembas. Et Mwape, c'est un nom bemba.

– Ah, d'accord.

Elle n'avait jamais entendu parler des Bembas, mais pour rien au monde elle n'aurait voulu l'admettre.

– Et où tu vas comme ça ? demanda Mwape après un court silence. Ta mère travaille pour la mission ?

– Ma mère ? s'étonna Afra.

Puis elle remarqua qu'il regardait Mlle Hamble.

– Oh, non, ce n'est pas ma mère. Ma mère était éthiopienne et elle est morte il y a des années. Je vais à Luangwa, en Zambie, pour visiter le parc national.

Afra marqua une petite pause.

– Cet avion, c'est comme une sorte de bus, non ? Il s'arrête dans toute l'Afrique. C'est fou : ce matin, on est partis du Kenya, hop ! on a survolé l'Ouganda et, maintenant, on est quelque part au-dessus du Congo, je suppose. Moi, je descends à l'arrêt « Zambie » et toi ?

– A Lubumbashi. C'est dans le sud du Congo, juste avant la frontière avec la Zambie.

– Je croyais que tu venais de Zambie ?

– Oui, mais mon père travaille dans un hôpital à Lubumbashi. Il est médecin. C'est pour ça que j'ai pris cet avion. Il m'a envoyé à Nairobi pour porter des prélèvements sanguins à un labo.

Afra le dévisagea, impressionnée. Mwape lui adressa un sourire un peu condescendant.

– Tu as pourtant l'air un peu jeune pour faire ce genre de choses, répliqua-t-elle. Tu ne vas plus à l'école ?

– J'ai quinze ans. Enfin presque. Et c'est les vacances en ce moment. Tu vois, toi non plus, tu n'es pas en cours. Pourquoi vas-tu à Luangwa ?

Afra allait lui parler de Marine, la petite amie de son père, qui était en voyage d'affaires au parc de Luangwa et qui lui avait proposé de la rejoindre.

Mais une brusque embardée l'en empêcha.

Elle regarda par le hublot. D'énormes nuages violets filaient à leur rencontre.

Ils allaient bientôt s'y engouffrer.

– Une tempête ! Regarde, Mwape !

Les autres passagers, deux jeunes femmes américaines et cinq Africains, s'empressèrent de vérifier que leur ceinture était bien attachée. Mlle Hamble tourna la tête.

– Ne t'inquiète pas, trésor. Ce n'est qu'un petit orage. Dieu veille sur nous, ne l'oublie pas.

Elle n'eut pas le temps d'en dire plus car la tempête s'abattit violemment sur l'avion. Afra sentit l'appareil vaciller comme s'il avait été frappé de plein fouet par un puissant jet d'eau, ballotté telle une coquille de noix sur un torrent furieux. Puis, brusquement, il se mit à pencher sur le côté et à perdre de l'altitude, comme un oiseau abattu en plein vol.

Afra ouvrit la bouche pour hurler, mais aucun son n'en sortit. Elle avait le souffle coupé. Ils tombaient à une vitesse telle que, sans sa ceinture, elle aurait été projetée contre le plafond de la cabine.

Elle entendit, dans un murmure lointain, une des Américaines supplier :

– Oh, mon Dieu, non. S'il vous plaît, non !

Mwape avait tendu le bras vers Afra pour lui prendre la main mais elle l'avait à peine remarqué. Pourtant il la serrait si fort qu'il lui broyait presque les articulations.

Et soudain, alors qu'elle s'attendait à tout instant à mourir écrabouillée dans le crash, l'avion réussit miraculeusement à se redresser et reprit de l'altitude. Il titubait comme un oiseau ivre, ballotté par les violents coups de vent de l'ouragan.

Mwape lâcha la main d'Afra. Elle la frictionna pour détendre ses doigts meurtris. Des sanglots silencieux soulevaient sa poitrine et s'étouffaient dans sa gorge. Seul un faible gémissement s'échappait de ses lèvres.

« Ça va recommencer. On va tomber. On va s'écraser sur le sol. On va tous mourir », se répétait-elle sans fin. Elle avait oublié ses bonnes résolutions pour se montrer adulte et responsable. Elle se sentait toute petite, une petite fille terrifiée qui avait envie qu'un adulte la prenne dans ses bras pour la rassurer.

Ne voyant plus la tête grise de Mlle Hamble, elle supposa qu'elle était penchée en avant, en train de prier.

« Priez aussi pour moi, mademoiselle Hamble, se dit-elle. Oui, dites une prière pour moi. »

Elle était trop secouée pour se concentrer sur une prière.

Le moteur de l'avion rugissait férocement alors qu'il luttait contre la pluie torrentielle qui fouettait le fuselage.

La porte de la cabine de pilotage s'ouvrit brusquement. Afra aperçut le cockpit et l'arrière du fauteuil du commandant de bord. Sa chemise d'un blanc immaculé se détachait nettement sur les nuages noirs qui lui bouchaient la vue. Ses épaules étaient collées au dossier, comme s'il tirait quelque chose de toutes ses forces. L'avion reprenait toujours de l'altitude. Et c'était rassurant de voir cet homme aux commandes, qui paraissait soutenir l'appareil par la seule force de ses bras couleur acajou.

Soudain Afra vit un éclair fendre le ciel et s'abattre sur l'avion. Elle ne voyait pas le copilote, mais elle l'entendit crier :

– Le GPS a été touché. On n'a plus le satellite pour nous guider.

Elle ne savait pas exactement ce qu'il voulait dire, mais la panique l'envahit.

Comme si elle avait senti sa peur, Mlle Hamble se retourna. Ses lèvres tremblaient un peu, mais elle avait toujours l'air aussi sereine.

– Ne t'inquiète pas, Afra. Je t'assure : Dieu veille sur nous.

– Mais vous n'avez pas entendu le copilote ? demanda Afra d'une voix stridente.

C'était tellement bizarre de la voir si calme que ça l'effrayait presque plus que si elle avait partagé son angoisse.

– Le GPS, le système de navigation assistée par satellite, ne fonctionne plus, c'est tout. Mais ce n'est pas grave, je connais Peter Mpundi. C'est un très bon pilote. Je l'ai eu comme élève quand il était en primaire. Il arrivera à se repérer tout seul, comme il faisait avant, avec les cartes. L'avion n'a rien. Mais c'est vrai qu'on a été un peu secoués, pas vrai ?

– Un peu secoués ? répéta Afra en se retenant pour ne pas hurler.

L'appareil avait manqué s'écraser, ils avaient tous failli mourir, son cœur s'était presque arrêté de battre, Mwape lui avait à moitié broyé la main et elle appelait ça être « un peu secoués » ?

Mlle Hamble la regardait toujours avec inquiétude.

– Tu veux un sucre d'orge, mon poussin ? Je trouve que ça fait passer le mal de l'air.

– Non, merci, répondit Afra d'une voix faible.

Elle avait oublié sa nausée. La peur l'avait chassée. Mlle Hamble ramassa le livre qui était tombé de ses genoux et rajusta ses lunettes sur son nez. Afra fixait ses boucles grises intactes avec une nouvelle admiration. Soit la vieille dame était tellement inconsciente qu'elle n'avait franchement pas réalisé qu'ils venaient de réchapper d'une catastrophe ; soit elle avait une telle foi qu'elle était sûre de pouvoir convaincre Dieu de les amener à bon port.

« J'imagine que ça doit être la foi », constata-t-elle, impressionnée.

L'avion était plus stable désormais, comme si le calme de Mlle Hamble l'avait gagné. Afra glissa un regard vers Mwape. Il s'épongeait le front, l'air secoué.

– Ça t'a dérangée que je te tienne la main ? demanda-t-il. Je me suis dit que tu devais avoir peur et que ça te rassurerait.

Elle le regarda en fronçant les sourcils.

– Si j'ai eu peur ? J'ai cru que j'allais mourir de trouille ! Et toi aussi ! Si tu avais vu ta tête… Et puis, tu me serrais la main si fort que tu as failli me casser tous les doigts.

Il sourit.

– Désolé si je t'ai fait mal. Mon père dit que je ne me rends pas compte de ma force.

Afra était un peu agacée.

– Allez, avoue que toi aussi, tu as eu peur.

– OK. Un peu. J'ai eu un peu peur. Mais c'était tellement excitant ! Le danger, ça donne l'impression de… je ne sais pas… de vivre plus fort.

– Oui, c'est ça, juste avant de mourir.

– Oui. Enfin, non, ce n'est pas ce que je voulais dire. Ce serait ennuyeux, une vie sans aucun risque. Moi, ce qui me plairait, c'est d'avoir la vie de James Bond ! De Jackie Chan ! D'Arnold Schwarzenegger !

Afra leva les yeux au ciel.

– Bon sang ! J'espère que tu n'apprendras jamais à piloter un avion. Et sinon, je me mettrai à voyager en train. Hé ! Regarde ! Il n'y a plus de nuages. Revoilà le soleil !

Mwape se tourna vers son hublot.

– Oui, mais ça ne va pas durer, il y a une autre tempête qui se prépare.

Afra se pencha dans l'allée pour jeter un œil de son côté. Une nouvelle masse de nuages violets, gris et noirs s'amoncelait à l'horizon. Elle entendit à nouveau la voix du copilote.

– Demandons atterrissage d'urgence à Mumbasa. Système de navigation endommagé. Impossible d'atteindre Lubumbashi avant la prochaine tempête. Terminé.

Puis, comme s'il venait de s'apercevoir que la porte de la cabine était ouverte, il tendit le bras pour la refermer précipitamment.

– Où c'est, Mumbasa ? Où on est ? demanda Afra à Mwape.

– C'est une petite ville au cœur de la forêt. J'y suis allé une fois avec mon père. Il y a plein de bûcherons, là-bas.

– Des bûcherons ?

– Oui, des gens qui abattent les arbres.

Afra regarda par le hublot. L'avion volait à basse altitude. Au-dessous, la grande forêt s'étendait à perte de vue. La cime des arbres avait l'air si moelleuse vue d'en haut, comme un coussin de mousse verte.

« Et pourtant, ça n'a rien de confortable », se dit Afra. Ce n'était que des troncs durs et des branches piquantes. S'ils s'écrasaient là-dedans, ils n'avaient aucune chance d'en sortir vivants.

Elle essaya de se représenter la forêt, la lumière verte filtrant à travers le feuillage des grands arbres, les nuées d'oiseaux et de papillons et, tout en bas, la terre humide que foulaient les éléphants, les antilopes, les phacochères et mille autres créatures.

« Et il doit y avoir des singes, des tas d'espèces différentes de singes ! s'enthousiasma-t-elle. Peut-être des chimpanzés. Et même des gorilles ! »

Elle plissa les yeux comme si elle pouvait pénétrer l'épais tapis vert et voir les mystères qu'il cachait. Et soudain, une longue balafre rouge en travers de la végétation apparut sous l'avion.

« Ce doit être une route, supposa Afra. Ça fait bizarre, on dirait une blessure en plein milieu de la forêt. »

L'appareil opéra un virage fortement incliné, descendant si rapidement que les arbres semblaient se ruer à sa rencontre. L'estomac d'Afra se contracta.

– On se prépare à atterrir, expliqua Mlle Hamble. On va bientôt se poser. On fait juste un petit détour par Mumbasa. Ne t'inquiète pas, Afra, ensuite on repart pour Luangwa, trésor.

Ils tournaient au-dessus d'une petite ville nichée dans une clairière au cœur de la forêt. Les nuages emplissaient le ciel et la pluie avait recommencé à fouetter les hublots. Afra repéra la piste d'atterrissage, une bande rouge dans la verdure qui, étrangement, grimpait sur le flanc d'une colline escarpée.

« On ne peut pas atterrir ici ! se dit Afra, paniquée. On n'y arrivera jamais ! »

Le vent s'était à nouveau levé et ballottait l'avion comme un fétu de paille. Elle ferma les yeux, serra les lèvres et retint sa respiration, se préparant à la catastrophe. Mais, soudain, une secousse plus familière lui fit rouvrir les yeux. Les roues avaient touché la piste de gravier. Ils étaient de retour sur la terre ferme !

Son cœur se gonfla de joie et de soulagement.

– On a réussi ! s'écria-t-elle en souriant à Mwape, comme si elle le connaissait depuis des années.

– Oui, Dieu merci.

– Nos prières ont été exaucées, conclut Mlle Hamble en se retournant pour leur adresser un sourire victorieux.

Chapitre 2

MUMBASA

Quand elle descendit d'avion, Afra avait les jambes en coton. Malgré la pluie qui tombait à seaux, l'air lourd et chaud l'enveloppa comme une couverture. Elle courut après Mwape qui traversait à toute vitesse le terrain boueux séparant l'appareil de la petite cahute en bout de piste.

Ils poussèrent la porte en même temps et elle se rendit compte alors qu'il était plus grand qu'elle ne le pensait. Il la dépassait d'une bonne tête et, bien que ses jambes et ses bras longs et minces lui donnent encore l'air dégingandé d'un adolescent qui a grandi trop vite, il faisait bien plus que quatorze ans.

Il lui sourit.

– On est trempés comme des soupes !

Mlle Hamble les rejoignit bientôt dans le bâtiment de fortune qui était si petit qu'avec les sept autres passagers il était déjà plein à craquer. Elle tenait son sac au-dessus de sa tête, tentant vainement de se protéger de la pluie.

– Il pleut, il mouille ! s'exclama-t-elle gaiement. C'est la fête à la grenouille !

Afra s'approcha de la fenêtre pour regarder dehors. Elle vit le pilote, qui s'abritait sous une aile de l'avion, en grande conversation avec un autre homme qui secouait la tête en désignant l'appareil. Finalement, ils s'élancèrent vers le bâtiment en courant. Le pilote arriva le premier. Après s'être ébroué, il s'adressa aux passagers :

– Je suis désolé, l'aile a été endommagée par la tempête et on ne peut pas réparer sous la pluie. De toute façon, nous ne pouvons pas repartir pour Lubumbashi tant que notre système de navigation ne fonctionne pas.

Les passagers se mirent à discuter entre eux à vive voix dans différentes langues. Le commandant Mpundi leva la main.

– Désolé, répéta-t-il. Nous ne pouvons pas reprendre le trajet aujourd'hui. Nous allons devoir passer la nuit ici, à Mumbasa. Un minibus est déjà en route pour venir vous prendre. Il vous déposera à l'auberge de la mission. Vous aurez chacun une chambre.

Pour une fois, Mlle Hamble fut prise de court.

– Oh ! Oh, c'est très embêtant ! Comment vais-je pouvoir prévenir l'amie de ton père que tu n'arriveras que demain ?

– On ne peut pas contacter Luangwa par radio ? demanda Afra.

Sa gorge se serra à la pensée de passer le reste de

l'après-midi, toute la soirée et une partie du lendemain en compagnie de Mlle Hamble et de perdre encore une précieuse journée de vacances, alors qu'elle aurait pu la passer à explorer les merveilles de Luangwa avec Marine.

Le rire aigu de la vieille dame la tira de ses pensées.

– Bien sûr, pourquoi n'y ai-je pas pensé ? Ah, ces jeunes, la technologie, ça les connaît !

Un véhicule antique, entre le minibus et le break, s'arrêta devant le bâtiment. Les passagers hésitèrent un moment sur le seuil puis se ruèrent sous la pluie pour s'entasser à l'intérieur. Les vitres se couvrirent immédiatement de buée.

Afra se retrouva coincée entre Mwape et Mlle Hamble. Le minibus démarra en trombe et fonça à toute allure sur la petite route malgré les creux et les bosses, sans égard pour ses passagers.

Le temps qu'ils parcourent les deux ou trois kilomètres qui séparaient la piste d'atterrissage de la ville de Mumbasa, la pluie s'était arrêtée. En descendant du minibus, Afra secoua ses boucles dans l'air chaud et humide et examina les environs.

Elle n'avait pas l'habitude de la moiteur et de la végétation luxuriante qui caractérisent l'Afrique tropicale. L'Afrique qu'elle connaissait, c'était le Kenya, où elle habitait. Et là-bas, en altitude, l'air était frais, les arbres et les fleurs semblaient plus doux, moins sauvages que toutes ces plantes envahissantes et criardes.

« C'est un coin à singes et à léopards », pensa-t-elle en observant la lisière de la forêt, dont les immenses arbres surgissaient presque violemment de la terre rouge et humide derrière les bâtiments longs et bas de la mission. Elle apercevait çà et là l'éclat d'un plumage vif au milieu des feuillages et entendait les cris des volées d'oiseaux qui s'y cachaient.

« C'est ça, se dit-elle. Ce doit être la grande forêt d'Afrique centrale. »

Un frisson d'excitation la parcourut. Elle était à la lisière d'une vaste jungle, de l'un des endroits les plus sauvages qui restait sur Terre, qui recelait encore des mystères que l'homme ne soupçonnait pas. Il y avait des plantes que personne n'avait découvertes, des espèces entières d'insectes inconnues des scientifiques et même d'étranges oiseaux et animaux dont on ignorait encore l'existence.

« Je voudrais tout explorer, s'enthousiasma Afra, puis elle secoua la tête. Non, finalement, j'aurais bien trop peur. »

Ce n'était pas les animaux qui l'effrayaient, mais les milices armées qui sillonnaient ce pays déchiré par la guerre civile depuis des années.

– Afra ! Viens voir ! Nos chambres sont par là !

Mlle Hamble lui faisait signe de l'un des petits bâtiments, une rangée de chambres le long de laquelle courait une véranda.

En quelques minutes, Afra avait fini d'inspecter la

petite pièce, très simple mais d'une propreté méticuleuse, et elle avait déjà sorti deux ou trois affaires de son sac. Elle consulta sa montre. Il était encore tôt dans l'après-midi. Et elle n'avait aucune idée de la façon dont elle allait occuper le reste de la journée.

Elle décida de partir se promener et vit Mlle Hamble sortir du bâtiment principal.

– Ils sont en train d'essayer de contacter Luangwa par radio, lui dit-elle d'une voix lasse. A mon avis, ça risque de prendre un moment. Enfin, ne t'inquiète pas. Tout va très bien se…

Elle s'interrompit et porta la main à sa tête.

– Oh, là, là. Voilà ma migraine qui me reprend. Il faut que je m'allonge immédiatement.

Elle se prit la tête entre les mains en regardant Afra.

– Il y a des livres dans le petit salon. Tu n'as qu'à demander… Ils t'apporteront une tasse de thé… Oh, là, là. Ce que j'ai mal ! Ce doit être à cause de toutes ces péripéties dans l'avion !

« Elle a quand même des faiblesses, alors », constata Afra avec plaisir. Mais en voyant la vieille dame livide tituber vers sa chambre, elle eut tout de même de la peine pour elle.

Qu'allait-elle faire tout l'après-midi et toute la soirée livrée à elle-même ? Elle n'avait pas tellement envie de lire mais, puisqu'il n'y avait rien d'autre à faire, elle se dirigea vers le petit salon, dans le bâtiment principal. Justement, Mwape en sortait.

Par la porte entrouverte, elle entendit l'émetteur radio grésiller.

– Ils n'arrivent pas à contacter Luangwa, lui expliqua-t-il. Maintenant ils essaient de joindre mon père à Lubumbashi. Il transmettra le message pour toi.

– Ah, d'accord.

Luangwa et Lubumbashi lui paraissaient tellement loin, presque irréelles. Elle avait du mal à se figurer comment on pouvait communiquer avec le reste du monde, perdu dans cette petite clairière au cœur de la forêt.

– Je vais faire un tour en ville. Tu veux venir ? lui proposa Mwape.

– Oh oui ! s'écria-t-elle avec enthousiasme. Il n'y a rien à faire ici et Mlle Hamble est partie se coucher parce qu'elle avait la migraine. Attends, je vais chercher ma casquette.

Les installations de la mission étaient situées à la lisière de la ville de Mumbasa. La petite route non goudronnée qui menait au centre était détrempée et boueuse. En enjambant une flaque, Afra sursauta. Elle avait dérangé un nuage de papillons posés au bord de l'eau et ils voletaient maintenant autour d'elle comme des plumes. Il y avait de petits bleus, de grands blancs, et des machaons rayés vert et noir. Leur ailes délicates frôlaient presque ses bras nus au passage.

– Oh, c'est magnifique ! Ils sont tellement beaux ! s'exclama-t-elle, ravie.

Comme Mwape était déjà reparti, elle repoussa avec précaution deux papillons orange et marron qui s'étaient posés sur son T-shirt, et le rattrapa en courant.

Ils apercevaient les premières habitations de Mumbasa maintenant. C'était de petites cases recouvertes de larges feuilles de palmier. En approchant, Afra remarqua une vieille femme qui portait une jupe de longues herbes jaunes, assise devant sa maison. Elle était minuscule, elle lui arrivait à peine à l'épaule !

Afra s'efforça de ne pas la fixer avec trop d'insistance mais, soudain, une jeune fille sortit de la case, suivie d'un garçon : ils étaient tout aussi petits !

Mwape regarda son amie, amusé.

– Tu n'avais jamais vu de Pygmées ? Ils vivent au cœur de la forêt. Ce sont de très bons chasseurs et, comme tu as pu le constater, ils ne sont pas très grands !

« Des Pygmées ! » s'étonna Afra, impressionnée. Bien sûr, elle avait déjà entendu parler de ce peuple légendaire qui vivait dans la grande forêt et connaissait tous ses secrets.

– C'est juste que je ne pensais pas qu'ils étaient si… enfin si… si petits, admit-elle platement.

Un enfant pygmée courut à sa rencontre et la prit par la main. Elle lui sourit et fit la grimace pour le faire rire. Il s'enfuit en criant, mi-amusé, mi-effrayé.

Un peu plus loin, ils découvrirent des bâtiments plus importants, couverts de tôle ondulée. Il y avait même une petite épicerie.

– Je devrais peut-être acheter quelque chose pour Mlle Hamble, vu qu'elle ne se sent pas très bien, dit-elle à contrecœur. Seulement, je ne sais pas quoi lui prendre.

– Mais tu n'as pas d'argent congolais, si ? demanda Mwape.

– Non, je n'ai que des dollars. De toute façon, il n'y a pas l'air d'y avoir grand-chose.

Les rayonnages de la petite boutique étaient remplis de boîtes de conserve rouillées et de bouteilles poussiéreuses. Il y avait aussi des boîtes d'allumettes, quelques bougies, des savonnettes rose pétant et des paquets de farine, de riz et de pâtes. Mwape avait repéré des biscuits en bas d'une étagère et il les montra du doigt à l'homme derrière le comptoir. Afra ressortit et observa les alentours pendant qu'il payait.

Il n'y avait pas beaucoup de monde. Deux grands-pères, trop grands pour des Pygmées, étaient accroupis à l'ombre d'un arbre, et trois jeunes femmes avançaient en file indienne sur la route, avec des paniers de légumes en équilibre sur la tête. Un peu plus loin, un Pygmée au front dégarni qui portait une chemise à carreaux bleus était en train de discuter avec un homme qui le dépassait de deux têtes. Le plus grand avait un fusil dans les mains et il parlait une langue qu'Afra ne comprenait pas.

Mwape, qui venait de sortir de l'épicerie, les regardait aussi.

– Chimpanzé ! s'écria-t-il soudain, tout content de lui.

– Qu'est-ce que tu racontes ? demanda Afra. Je ne vois pas de chimpanzé dans le coin.

– L'homme, là, le grand, il a dit « chimpanzé ». J'ai compris le mot. Je ne connais pas la langue qu'ils parlent, mais j'ai reconnu ce mot-là.

L'homme le plus grand mit le fusil dans les mains du Pygmée et ils se séparèrent.

– Pourquoi il lui donne une arme ? s'étonna Afra. C'est légal par ici d'être armé comme ça ?

Mwape haussa les épaules.

– Non, mais qui va protester ? répliqua-t-il. Ce sont sûrement des chasseurs. Et le gouvernement n'en a rien à faire.

– Des chasseurs ? Et ils parlaient de chimpanzés ? s'indigna Afra. Tu ne veux pas dire… Non, ce n'est pas possible… Ils ne vont quand même pas tirer sur des chimpanzés ?

Mwape allait lui répondre mais le rugissement d'un moteur le fit taire. Un énorme camion arrivait sur la route de terre qui sortait de la forêt et traversait la petite ville. Afra recula pour le laisser passer, de peur qu'il ne l'éclabousse en roulant dans une flaque de boue.

La cabine du chauffeur tractait une longue remorque chargée de trois énormes troncs d'arbre, avec des orchidées et des fougères fanées toujours accrochées à l'écorce humide.

Le camion s'arrêta et le conducteur africain ouvrit sa portière et descendit. Son passager, un grand gars aux cheveux blonds et ras, le suivit et se dirigea vers l'épicerie.

Soudain, Afra, qui regardait le chargement du poids lourd, se raidit et agrippa le bras de Mwape.

– Ce n'est pas possible ! s'exclama-t-elle. Regarde, là ! Attaché au tronc, à l'arrière. On dirait... un gorille, un chimpanzé ou je ne sais quoi. En tout cas, c'est un singe mort !

Chapitre 3

UN ODIEUX TRAFIC

Afra courut à l'arrière du camion pour voir de plus près la pauvre créature attachée à l'un des troncs d'arbre mais, avant même de l'avoir atteint, elle tressaillit. C'était un spectacle insoutenable. D'un bref coup d'œil, elle avait aperçu une masse de poils noirs tout poisseux de sang, une main pendante, deux yeux vides et éteints... Prise de nausée, elle dut se détourner.

Le grand blond s'approcha d'elle. Il avait l'air préoccupé par l'état de l'une des roues et se pencha pour l'examiner.

– Hé, Maurice ! cria-t-il. *Komm mal*. Regarde-moi ça.

Il avait un fort accent allemand.

Un autre Européen, un peu plus petit, descendit d'un bond de la cabine et répliqua, agacé :

– Écoute, Dieter. Tu fais toujours toute une histoire pour pas grand-chose. Je t'ai déjà dit qu'il n'y avait pas de problème. Elle est très bien, cette roue.

Afra rassembla tout son courage pour les aborder.

– Excusez-moi, qu'est-ce qui est arrivé à ce chimpanzé ?

– Quel chimpanzé ? grogna le grand blond.

– Celui qui est attaché à l'arrière de votre camion. Il est mort.

– Ce n'est pas un mâle, rétorqua le plus petit. C'est une femelle, elle avait un petit dans les bras.

– Un petit ? Elle avait un bébé ! s'exclama Afra, la gorge serrée. C'est un accident, c'est ça ?

Surpris, les deux hommes la dévisagèrent. Dieter, le plus grand, éclata de rire.

– Un accident ? Comment veux-tu tuer un chimpanzé par accident ? Ils sont drôlement durs à avoir, je peux te le dire !

– Vous voulez dire que vous l'avez tuée ? Vous l'avez abattue volontairement ?

Malgré la chaleur étouffante, Afra sentit un frisson glacé la parcourir.

Dieter la toisa d'un œil mauvais.

– Tu crois que j'ai le temps d'aller chasser ? Et d'abord qui es-tu ? Qu'est-ce que tu fais là ?

– Qu'est-ce que ça peut vous faire ? répliqua Afra en s'enflammant brusquement. Si ce n'est pas vous qui l'avez tuée, qui est-ce alors ?

Le plus petit des deux hommes se mit à rire à son tour.

– Hé, la môme, tu n'es pas au courant de ce qui se passe dans le coin, on dirait. Ce que tu vois, ce n'est plus un chimpanzé. C'est de la viande. De la viande, rien de plus. Pas besoin de monter sur tes grands chevaux.

– De la viande ? répéta Afra, effarée. De la viande ? Vous voulez dire que vous allez la manger ?

Maurice haussa les épaules.

– Moi, non. Je n'aime pas ça. Mais il y a des gens en ville, à Kisangani ou à Isiro, qui trouvent ça délicieux.

– Mais c'est… ils n'ont pas le droit ! Les chimpanzés, c'est presque des humains ! Et de toute façon, c'est une espèce protégée.

Afra sentit que sa voix grimpait dans les aigus comme celle d'une petite fille et elle essaya de la contrôler. Il fallait qu'elle garde son sang-froid. Ça ne servait à rien de s'énerver.

Le grand homme blond la regardait encore d'un œil soupçonneux.

– *Ach, Scheisse* ! Laisse tomber, Maurice. Tu veux nous attirer encore plus d'ennuis ou quoi ?

Un petit attroupement s'était formé autour d'eux – quelques hommes qui venaient de sortir d'un bar, et des enfants en uniforme d'écolier avec leurs livres sous le bras. Un peu à l'écart, de la même taille que les enfants, il y avait aussi des Pygmées. Et parmi eux, l'homme chauve avec la chemise à carreaux bleus qui avait toujours le fusil à la main.

Avec un sourire mielleux, Maurice s'adressa à Afra :

– C'est vrai, ce ne sont pas tes affaires. Regarde tous ces gens. (Il désigna la foule qui les entourait.) Est-ce qu'ils ont l'air choqués de voir un chimpanzé mort ? Non ! Pour eux, c'est tout à fait normal. Ils chassent des chimpanzés pour gagner leur vie, pour nourrir leur famille. Tu voudrais que ces enfants meurent de faim ?

Dans son dos, Afra entendit quelqu'un s'éclaircir la gorge. Elle se retourna et découvrit Mwape qui la rejoignait.

– Moi, ça ne me semble pas normal du tout, déclara-t-il, sourcils froncés. C'est interdit par la loi, de tuer des chimpanzés.

– La loi ! Quelle loi ? Qui se soucie de la loi ? se moqua Dieter.

Maurice, lui, haussa les épaules en désignant du menton un policier qui venait de surgir de l'autre côté de la route et qui serrait chaleureusement la main du chauffeur du camion, à moins de deux mètres du cadavre du singe.

Afra se rapprocha de Mwape, ravie de son soutien. Elle était complètement bouleversée. L'odeur âcre de sueur que dégageait Dieter l'écœurait tout autant que le discours de Maurice.

– Vous êtes immondes ! lança-t-elle sans se soucier de contrôler les tremblements de sa voix. Vous êtes des assassins, des monstres, des bouchers.

Les deux hommes éclatèrent de rire.

– Nous sommes des bouchers, monstrueux et immondes, répéta Dieter. La gosse ne nous aime pas, Maurice. Ouh, là ! là ! J'ai peur !

— Puisque vous n'appréciez pas notre compagnie, mademoiselle, nous allons nous retirer, renchérit l'autre. Bon, Dieter, ça suffit. Cette roue est en parfait état. On y va !

L'attroupement se dispersa.

— Où est passé Clément ? demanda Dieter en scrutant nerveusement les alentours. Il n'est jamais là quand on a besoin de lui, celui-là !

Il se hissa dans la cabine et donna un coup de Klaxon retentissant.

Clément, le chauffeur, était parti porter un carton à l'épicerie. Il ressortit en courant avec un billet dans la main. Il le fourra dans sa poche et grimpa vite à son poste.

— Au revoir ! lança Maurice à Afra avec un sourire amusé qui lui donna envie de l'étrangler. Les jeunes filles sont toujours très sentimentales. C'est mignon mais, malheureusement, ça ne dure pas ! Tu verras, on change en grandissant.

Il disparut de l'autre côté du véhicule et elle entendit la portière passager s'ouvrir et se refermer. Quelques minutes plus tard, un nuage de fumée grise sortit du pot d'échappement et le camion démarra. Le corps du pauvre chimpanzé tressautait à chaque fois que les roues rencontraient un creux ou une bosse sur la route.

Afra ferma les yeux et se détourna, incapable de supporter ce spectacle plus longtemps.

– Qui êtes-vous ? demanda une nouvelle voix derrière elle. Vous connaissez ces hommes ?

Elle rouvrit les yeux. Un jeune Africain vêtu d'une chemise de brousse jaune les regardait en fronçant les sourcils.

– Non, je viens juste de les rencontrer, répondit Afra, et j'espère ne plus jamais les croiser de ma vie.

– Qui est-ce ? s'indigna Mwape. Qu'est-ce que c'est que ce trafic ?

L'homme à la chemise de brousse le dévisagea un moment.

– Nous sommes dans une situation très difficile, finit-il par dire. Vous voulez vraiment savoir ?

– Oui ! répondirent Afra et Mwape en chœur.

– Vous n'êtes pas d'ici, il me semble, remarqua le jeune homme avec une certaine amertume. Vous voyez les choses de l'extérieur. Je veux bien vous en parler, si vous y tenez, mais pas ici. Il y a trop de monde. Où passez-vous la nuit ?

– A l'auberge de la mission.

– Je vais vous raccompagner là-bas, proposa le jeune homme.

Il se mit en route et ils lui emboîtèrent le pas. Afra avait envie de le bombarder de questions. Elle savait que, si elle ne se contrôlait pas, sa tristesse et sa colère allaient jaillir comme un flot de lave brûlante. Elle essaya de se concentrer, de prendre du recul et de trier toutes les questions qui bourdonnaient dans sa tête.

– Pourquoi…? commença-t-elle.

Le jeune homme la coupa en levant la main.

– Attendez. Je préfère qu'on discute en privé.

Ils marchaient vite. Les deux garçons s'efforçaient de suivre Afra qui courait presque, dévorée d'impatience. Elle s'arrêta brusquement à l'entrée de la mission, et ils faillirent lui rentrer dedans. Elle se baissa pour examiner la flaque où, une demi-heure plus tôt, les papillons s'étaient attroupés. Le camion avait roulé dedans et l'avait transformée en profonde ornière, écrasant les pauvres insectes dont les fragments d'ailes gisaient maintenant dans la boue.

Les lèvres serrées, Afra entra dans l'enceinte de la mission et les deux autres la suivirent jusqu'à une table de jardin entourée de quelques chaises, à l'ombre d'un arbre. Ils s'assirent sans un mot.

Afra ouvrit la bouche pour prendre la parole, mais le jeune homme avait l'air plongé dans ses pensées, fixant ses mains, alors elle attendit.

– Je m'appelle Daniel Manou, finit-il par dire. Je suis le représentant officiel de la protection de la faune et de la flore dans cette partie du Congo.

– Vous êtes chargé de protéger la faune et la flore ? s'étonna Afra. Génial. On a de la chance de vous avoir rencontré alors. Vous tombez à pic. Vous allez arrêter ces types, hein ? Vous allez…

– S'il vous plaît, taisez-vous et écoutez, ordonna Daniel en tapotant sur la table.

Il marqua une pause.

« Il ne sait pas quoi dire, pensa Afra, prise de doutes. Peut-être qu'il ne va rien faire, finalement. Peut-être qu'il va laisser ces types, ces monstres… »

Le jeune homme interrompit le cours de ses réflexions.

– D'où venez-vous, tous les deux ? demanda-t-il. Qu'est-ce que vous faites ici ? Il y a un adulte avec vous ?

– Nous avons pris un avion qui devait nous emmener de Nairobi à Lubumbashi, expliqua Mwape. Mais nous ne voyageons pas ensemble.

Daniel regarda Afra d'un air interrogateur.

– Je suis censée voyager avec Mlle Hamble mais, en fait, je suis toute seule. Je vais à Luangwa, expliqua-t-elle avec une pointe de fierté dans la voix. On n'aurait pas dû faire escale ici, mais il y a eu une tempête.

Daniel hocha la tête.

– Je sais. Ça a été très violent ici aussi.

– L'avion a dû faire un atterrissage d'urgence, poursuivit Mwape. Comme il y a quelques dégâts sur l'appareil, on ne peut pas repartir avant demain.

– Vous venez de Nairobi ? Alors vous êtes kenyans ?

– Moi oui, acquiesça Afra.

– Moi, je suis de Zambie, ajouta Mwape, mais je vis au Congo, à Lubumbashi.

Daniel mit un instant à enregistrer toutes ces informations, puis il reprit :

– Alors vous ne savez pas ce qui se passe ici, dans nos forêts ?

Mwape et Afra secouèrent la tête.

– La situation est très difficile. C'est une catastrophe pour les forêts, les gens et surtout les animaux.

Daniel se frotta les yeux d'un air las. Un gros calao noir venait de se poser sur une branche au-dessus d'eux dans un bruissement d'ailes. Il poussa un cri rauque, mais aucun d'eux ne leva la tête.

– Les entreprises d'exploitation forestière sont installées depuis longtemps dans d'autres régions du Congo et elles viennent d'arriver par ici, à Mumbasa, poursuivit Daniel. Ce sont des compagnies françaises, allemandes, suisses ou autres. Ils utilisent notre bois pour fabriquer des meubles de jardin là-bas, en Europe. Ils creusent des routes jusqu'au cœur de la forêt et abattent les plus grands arbres pour les exporter.

– Mais je croyais que c'était interdit, intervint Afra, que la forêt était une zone protégée.

– En partie, oui, ils n'ont le droit que de prendre certains arbres, expliqua Daniel. En principe, ils respectent la loi. Par ici, en tout cas, je surveille si ça se passe bien.

– Mais, et alors, que viennent faire les chimpanzés dans tout ça ?

– Pour pénétrer au cœur de la forêt, les bûcherons doivent faire de grandes routes, comme celle qui nous a amenés ici. C'est une sacrée opportunité pour les hommes d'affaires. Les gens des villes aiment manger de la viande, de la viande rare, qui vient de la forêt. Des céphalophes – des sortes d'antilopes naines –, des potamochères, des chimpanzés, des gorilles, surtout les chimpanzés et les gorilles. Ils disent que c'est délicieux.

Un frisson de dégoût parcourut Afra.

– C'est affreux, je n'arrive pas à le croire.

– Les hommes d'affaires emploient les Pygmées, qui sont de très bons chasseurs, pour tuer ces animaux.

– Oh…, fit Afra en se rappelant le Pygmée avec la chemise bleue. J'ai vu…, non rien, continuez.

– Les Pygmées ont toujours chassé pour leur propre alimentation. Ils attrapaient un chevrotain, une antilope ou un autre petit animal quand ils avaient besoin de viande pour nourrir leur famille. Ils n'utilisaient que des filets, des arcs et des flèches. Jamais de fusils. Parfois, ils tuaient un chimpanzé, mais pas souvent, et ils ne menaçaient pas les animaux sauvages. Ils cohabitaient. Le céphalophe et le potamochère craignaient l'homme et l'homme craignait le léopard et l'éléphant. C'est la loi de la forêt.

– C'est la loi de la nature, fit Mwape en hochant la tête.

– Oui, c'est la loi de la nature. Mais ces hommes d'affaires ont tout changé. Ils empruntent les routes des bûcherons pour pénétrer au cœur de la forêt. Ils fournissent des fusils aux Pygmées. Ils leur disent : « Tuez tous les animaux que vous trouverez. Nous vous donnerons de l'argent pour acheter de la bière, des vêtements et des cigarettes. » Comme les Pygmées n'ont pas d'autre moyen de se procurer ce qu'ils veulent, ils prennent les armes et ils vont chasser. Les hommes d'affaires les escroquent complètement ! Ils ne leur donnent que quelques pièces alors qu'ils font de gros bénéfices en vendant la viande.

– Mais c'est illégal ! Ce n'est pas possible ! s'écria Afra, rouge de fureur.

– Oui, c'est illégal. Mais que peut-on y faire ? Vous avez vu le policier, au village ? Il a remarqué le cadavre du chimpanzé. Il sait ce qui se passe. Je lui en ai déjà parlé mille fois ! Mais comme les bûcherons lui versent une commission, il ne dit rien. Il a une famille à nourrir, lui aussi, et il ne touche pas un gros salaire. Il a besoin de cet argent...

Daniel soupira.

– ... C'est un vrai casse-tête. Ils tuent tellement de chimpanzés et de gorilles que, si nous n'arrivons pas à les arrêter, il n'en restera bientôt plus. Ils disparaîtront de la surface de la Terre.

Afra bouillait d'une rage contenue. Elle se mordait les lèvres au sang pour se retenir de hurler.

– Mais les entreprises étrangères qui emploient les bûcherons, pourquoi ne font-elles rien ? s'étonna Mwape. C'est de leur faute, après tout. Elles pourraient interdire l'accès de leurs routes à ces trafiquants de viande. Elles pourraient au moins refuser que leurs camions servent à transporter les animaux abattus.

– Oh, les bûcherons ! fit Daniel avec un petit rire amer. Tu les as vus. Ils n'en ont rien à faire. Ce n'est pas leur pays ni leur forêt, ce ne sont pas leurs animaux. Ils sont ici juste pour gagner un maximum d'argent, pour s'en mettre plein les poches et rentrer bien tranquilles chez eux, en Europe. Bien sûr, les patrons pourraient empêcher ce trafic, mais ils s'en fichent. J'ai essayé de leur en parler, mais ils m'ont ri au nez.

Il marqua une pause.

– Je déteste mon boulot. Ce n'est pas le métier qu'il me fallait. Je ne peux rien faire ici ! J'ai demandé mon transfert dans un autre service du gouvernement.

C'en était trop pour Afra. Elle ne pouvait pas contenir sa colère plus longtemps.

– Mais ce sont des voleurs ! Des assassins ! hurla-t-elle. Je voudrais… J'aimerais les voir ligotés contre l'un de leurs troncs d'arbre, comme ce pauvre chimpanzé. Ce n'est pas possible. Daniel, il faut réagir ! Qu'est-ce qu'on va faire ?

Chapitre 4

BÉBÉ EN BOÎTE

– On ne peut rien faire !

Daniel se laissa aller contre le dossier de sa chaise en levant les bras d'un air résigné.

– J'ai tout essayé. J'ai envisagé toutes les possibilités, mais il n'y a pas de solution. Ils ne veulent tous qu'une seule chose. De l'argent. Les bûcherons, les hommes d'affaires, les Pygmées, ce qui les intéresse, c'est l'argent.

Il y eut un long silence.

Comme personne ne bougeait, deux barbus s'enhardirent à descendre de l'arbre et vinrent se poser sur la table en piaillant « Tic ! Tic ! Tic ! Tic ! » comme un réveil qui s'emballe.

Mwape fut le premier à réagir. Il effraya les oiseaux en se levant brusquement.

– Je vais aller nous chercher du thé, décida-t-il. Ça nous fera du bien. Et puis, on pourra grignoter mes biscuits. Oh, non !

– Qu'est-ce qu'il y a, Mwape ? s'inquiéta Afra.

– J'ai oublié mon paquet de gâteaux sur le comptoir de l'épicerie.

– On n'a qu'à retourner en ville, proposa-t-elle alors en sautant sur ses pieds. Ça sera toujours mieux que de rester assis là à broyer du noir. Et puis, Prof – c'est mon père – dit toujours que les meilleures idées viennent en marchant.

Ils repartirent alors vers Mumbasa. Ils ne parlèrent pas beaucoup en chemin, cette fois.

« Réfléchis. Il faut que tu trouves une solution, Afra », se répétait-elle, mais sa tête était désespérément vide.

Daniel s'arrêta avant qu'ils atteignent la boutique pour parler avec un ami pygmée.

– Allez-y, je vous rejoins.

Il y avait un attroupement devant l'épicerie. Afra s'approcha. Un petit groupe d'enfants se pressait autour de quelque chose qui était posé par terre. Ils se penchaient et se bousculaient pour mieux voir puis reculaient brusquement en poussant de grands cris.

Mwape rejoignit son amie et, en écartant les enfants pour entrer dans la boutique, il découvrit ce qui causait tant d'agitation. Il s'arrêta net et Afra, qui était juste derrière, lui rentra dedans. Elle inclina la tête pour voir derrière ses larges épaules et se figea également.

Les enfants encerclaient un carton qui avait dû autrefois contenir des boîtes de conserve. Mais maintenant, il servait de prison à un petit chimpanzé. Il était recroquevillé dans le fond, les bras croisés sur la poitrine comme pour se rassurer. Ses grands yeux ronds fixaient avec effroi les enfants qui tentaient de l'approcher et ses lèvres étaient retroussées sur ses dents dans une grimace terrifiée.

Pour épater la galerie, l'un des plus grands se baissa et tira sa petite oreille rose. Le bébé chimpanzé détourna la tête en poussant un petit cri plaintif.

Afra se rua sur le gamin comme une folle.

– Arrête ! Ça ne va pas ? Espèce de brute, laisse-le tranquille !

Sans rien dire, Mwape le repoussa violemment pour l'écarter du carton. Le garçon tomba à la renverse et cria ce qui devait être une insulte dans une langue qu'Afra ne connaissait pas. Les autres enfants reculèrent, sourcils froncés, en marmonnant entre leurs dents.

Afra s'empara de la boîte et la serra dans ses bras. Sa main frôla accidentellement le coude décharné du petit chimpanzé qui poussa un cri perçant et se ratatina au fond du carton, aussi loin d'elle que possible.

Une voix furieuse l'interpella en swahili :

– Qu'est-ce que tu fabriques ? Repose ça tout de suite !

Elle se retourna pour découvrir l'épicier qui sortait de sa boutique.

– Ce chimpanzé m'appartient, poursuivit-il. Tu ne peux pas l'emporter comme ça. Il m'a coûté cher.

– Vous venez de l'acheter ? demanda Afra en s'efforçant de rester calme. Mais il est encore bébé. Il est trop jeune pour être séparé de sa mère, non ?

Le commerçant haussa les épaules.

– Sa mère est morte.

Afra se rappela soudain qu'elle avait vu le chauffeur du camion porter un carton dans la boutique.

– Oh… Mais alors, l'autre chimpanzé, celui qui est mort…, c'est son petit ?

L'autre fronça les sourcils.

– Comment veux-tu que je sache ce qui est arrivé à sa mère ? Je l'ai acheté, je te dis. Si tu le veux, tu vas devoir casser ta tirelire.

– Vous en voulez combien ?

En disant cela, elle savait déjà qu'elle allait s'attirer des ennuis.

Elle entendit Mwape soupirer dans son dos. Mais elle l'ignora. Elle réfléchirait plus tard. Pour l'instant, tout ce qu'elle savait, c'est qu'elle devait sauver ce bébé chimpanzé.

– Vingt dollars, répondit l'épicier.

– Vingt dollars ! Et puis quoi encore ? s'exclama Mwape. C'est beaucoup trop. Ne lui donne pas, Afra. Dix, c'est déjà bien payé.

Afra lui passa le carton avec précaution et ouvrit la pochette passée à sa ceinture.

– Je ne vais pas marchander, répliqua-t-elle d'un ton méprisant. On ne discute pas le prix d'une vie.

Elle sortit un billet de vingt dollars et le tendit à l'épicier.

– Mais qu'est-ce que tu vas en faire ? demanda Mwape, le front plissé d'inquiétude.

Afra se retint de sourire. Elle avait souvent vu cette expression sur le visage de ses deux meilleurs amis, Tom et Joseph.

En fait, chaque fois qu'elle avait foncé tête baissée pour sauver un animal.

– Je ne sais pas, avoua-t-elle. Il va falloir qu'on y réfléchisse.

Mwape ne releva pas le « on », alors que Tom ou Joseph auraient certainement réagi au quart de tour en se voyant inclus dans une mission de ce genre.

– Mais… il va falloir le nourrir, poursuivit-il en regardant Afra comme si elle était folle. Tu ne sais même pas ce qu'il mange.

– Ah oui, tu as raison. Il doit avoir faim. Le mieux, ce serait du lait. Il est encore bébé, et les bébés, ça boit du lait. J'ai nourri mon petit galago et mon chiot avec du lait, et ça leur convenait tout à fait.

Elle suivit l'épicier qui rentrait dans sa boutique pour glisser le billet dans sa caisse.

– J'aurais besoin d'un biberon, d'une tétine et d'une boîte de lait en poudre, s'il vous plaît.

Le commerçant sourit.

– Ça te fera quarante dollars.

– Ce n'est pas juste ! s'indigna Afra. Vous m'avez

arnaquée pour le bébé singe, mais vous n'allez pas me refaire le coup.

Il fronça les sourcils.

– Tu te crois maligne, hein ? Et ta mère, elle sait que tu viens d'acheter un chimpanzé ?

– Ma mère est morte, répliqua sèchement Afra. Comme la sienne.

L'épicier, décontenancé par son agressivité, se retourna pour prendre une boîte de lait en poudre sur une étagère. Puis il sortit un biberon et une tétine de sous le comptoir et les lui tendit.

– Je n'ai pas d'argent congolais, expliqua-t-elle en lui donnant un autre billet.

L'homme lui rendit la monnaie en ajoutant d'un ton amer :

– Je t'ai fait un bon prix. Dis-le à ta m... à ton père. Et dis-lui aussi qu'il devrait t'apprendre à montrer un peu plus de respect envers tes aînés. Je ne t'ai pas arnaquée. Les chimpanzés se font rares dans le coin et les prix montent.

Afra lui tourna le dos et regagna la porte, pressée d'emmener le bébé dans un endroit calme où elle pourrait lui préparer un biberon et le nourrir.

– Prends-en bien soin ! lui cria l'épicier. Il mange la même chose que les nourrissons. Il faut que tu lui donnes à téter régulièrement. Et attention à ne pas te faire mordre. C'est costaud, les chimpanzés, même si petits.

Les enfants s'étaient agglutinés à l'entrée de la boutique. Ils fixaient Afra et essayaient d'apercevoir le bébé chimpanzé une dernière fois. Mwape les écarta et lui ouvrit le passage.

Daniel était encore en train de discuter avec son ami. En les voyant arriver, il lui serra la main et s'avança à leur rencontre.

– Qu'est-ce qu'il y a là-dedans ?

Il regarda dans le carton et poussa un cri de surprise en découvrant le petit singe tremblant de peur recroquevillé dans le fond.

– Mais qu'est-ce que c'est que ça ? Où l'as-tu trouvé ?

– C'est le bébé de cette pauvre femelle chimpanzé. Celle qu'on a vue sur le camion. Ces... ces monstres l'ont vendu à l'épicier. Je viens de l'acheter.

– Tu l'as acheté ?

Daniel avait l'air abattu.

Afra ne répondit pas.

Elle repartait déjà sur la route qui menait à la mission, pressée d'échapper à la petite bande d'enfants curieux qui la suivait.

– Mais tu es censée aller à Luangwa, reprit Daniel en accélérant pour ne pas se laisser semer. Que vas-tu faire de lui ?

– Je vais le prendre avec moi dans l'avion, tiens, répliqua Afra qui n'y avait pas du tout réfléchi.

– Ah, vraiment ? Tu sais que c'est interdit de sortir des chimpanzés du Congo ? Je ne peux pas te laisser faire. Et même si je ne disais rien, de toute façon, tu serais arrêtée à la frontière.

– Ah bon, c'est interdit. Je n'étais pas au courant.

Afra l'écoutait à peine. Elle était entièrement concentrée sur la pathétique petite créature qui gémissait de plus en plus faiblement dans le carton.

« Il va mourir si je ne lui donne pas vite à manger, se dit-elle. Allez, tiens bon, mon bébé. On est bientôt arrivés. »

Daniel commençait à perdre patience.

– C'est n'importe quoi ! On ne peut pas acheter un chimpanzé comme ça. Et même si tu obtiens l'autorisation de le sortir du pays, que dira ta famille ?

– Je ne vais pas le ramener chez moi, répliqua Afra. Je vais le relâcher dans la forêt à Lubumbashi. Comme ça, il ne quittera même pas le Congo.

Daniel secoua la tête.

– Il n'y a pas de forêt de ce genre à Lubumbashi, objecta Mwape. Il n'y a que des acacias, des arbustes, ce n'est pas du tout comme ici. Ça n'ira pas du tout pour un chimpanzé.

– Oh…

Sans s'en rendre compte, Afra ralentit le pas.

– … Eh bien…

– Il faut que tu me le donnes, ordonna Daniel en tendant les bras. Je le confierai au zoo de Kisangani.

– Au zoo ? Jamais !

Afra serra le carton contre elle. Elle avait déjà vu des

singes en cage. Ils avaient l'air complètement assommés. Ils passaient la journée assis à se balancer d'avant en arrière sur le ciment nu, agrippant les barreaux et tendant la main vers les visiteurs.

– Alors je trouverai une famille pour l'accueillir, proposa Daniel.

Afra hésita.

– Si je vous le donne, vous le relâcherez dans la forêt quand il aura repris des forces ? demanda-t-elle, pleine d'espoir.

– Mais non, enfin. Tu n'y connais vraiment rien. Il est trop jeune pour survivre sans sa mère. Il ne saurait même pas ce qu'il peut manger ou non. Et puis, quand il aura passé un certain temps en compagnie des humains, il n'en aura plus peur, il risquera de trop s'en approcher et de se faire à nouveau capturer ou même tuer.

Afra en aurait pleuré de rage. Elle se sentait tellement impuissante !

Elle se força à répondre d'un ton dégagé :

– Bon, alors il faut y réfléchir. On décidera plus tard. Pour le moment, le plus urgent, c'est de lui donner son lait. Regardez, il est épuisé. Il n'a pas dû avaler une gorgée d'eau depuis des heures et il n'a certainement rien eu à manger depuis que sa mère est morte.

Ils étaient arrivés à l'entrée de la mission. Daniel s'arrêta.

– J'ai du travail à faire pour le moment, mais je

reviendrai tout à l'heure et je vous ferai connaître ma décision à propos de cet animal, déclara-t-il d'une voix sévère. Je vais trouver une solution.

– Merci, répondit Mwape qui commençait à en avoir assez de cette histoire.

– Oui, merci, lança Afra par-dessus son épaule.

Elle s'efforça de sourire comme une petite fille reconnaissante pour le tenir éloigné le plus longtemps possible. Elle avait cru qu'il serait de son côté mais, finalement, maintenant, il lui apparaissait plus comme un ennemi et un autre obstacle à surmonter.

Elle avait déjà passé le portail et se dirigeait vers la table de jardin à l'ombre de l'arbre. Elle posa le carton dessus avec précaution.

– Ça y est, on est arrivés, mon bébé, dit-elle tendrement.

Elle avait envie de caresser du bout du doigt la petite main noire qui agrippait de toutes ses forces le bord de la boîte, mais elle se retint. C'était encore trop tôt. Avant de le toucher, il fallait gagner sa confiance.

– Mwape, tu peux rester un peu avec lui pendant que je vais chercher de l'eau pour son biberon ? demanda-t-elle. Oh, regarde comme il est faible. On va avoir du mal à le remettre sur pied, ce pauvre petit chimpanzé.

Chapitre 5

UN BIBERON DE LAIT

Afra avait l'habitude de préparer des biberons pour des animaux orphelins. C'est comme ça qu'elle avait nourri son galago ainsi que beaucoup d'autres petites créatures qu'elle avait sauvées puis relâchées dans la nature. Elle mélangea la poudre avec de l'eau et revint vite avec le biberon dans les mains.

Elle trouva Mwape en train de discuter avec un homme qui portait un vieux chapeau de paille et s'appuyait sur une faux.

– C'est le jardinier, lui apprit son ami en anglais, sachant que son interlocuteur ne pouvait le comprendre. J'essaie de l'empêcher d'approcher de la table. Il vaut mieux que personne ne sache ce qu'il y a dans ce carton sinon ils vont nous poser des tas de questions et tenter de nous le prendre.

Afra lui adressa un sourire reconnaissant.

– Occupe-le pendant que j'emmène le petit dans ma chambre, puis rejoins-moi. Il faut qu'on parle.

Elle prit le carton et l'emporta avec précaution, laissant Mwape se débrouiller avec le jardinier, qui, ravi d'avoir un interlocuteur attentif pour une fois, semblait bien parti pour lui raconter sa vie.

Afra referma la porte de sa chambre avec un soupir de soulagement. Personne ne l'avait vue. Elle posa le carton sur le lit et, tout doucement, tendit la tétine du biberon vers les longues lèvres brunes du bébé.

– J'aimerais tellement te prendre dans mes bras, murmura-t-elle, espérant que sa voix douce le tranquilliserait. Mais je crois que tu as déjà été assez trimballé comme ça. Regarde, petit bout de chou, voilà du lait. C'est pour toi. Non, ne ferme pas les yeux. N'aie pas peur. Je te promets que je ne vais pas te toucher. Je vais attendre que toi, tu veuilles me toucher. Ce sera toi qui décideras.

Mais le chimpanzé détournait la tête et gardait les yeux fermés. On aurait dit qu'il se refermait sur lui-même, qu'il ne voulait plus voir ce monde terrifiant où il avait été brusquement arraché aux bras rassurants de sa mère, à sa famille, à sa forêt.

– Il faut que tu boives, poursuivit Afra en modulant doucement sa voix pour le calmer. Si tu ne manges pas, tu vas mourir. Tu sais ça ?

Elle approcha la tétine jusqu'à ce qu'elle touche sa lèvre supérieure. Il ouvrit les yeux et lui glissa un regard de côté, mais sa bouche resta résolument fermée.

Venu d'on ne sait où, un bruit de toux étouffé fit

sursauter Afra et une goutte de lait tomba sur les lèvres du chimpanzé. Afra regarda par-dessus son épaule, mais ne vit personne par la fenêtre. A nouveau, quelqu'un toussa.

« Ça doit être Mlle Hamble dans la chambre d'à côté, pensa-t-elle. Il faut que je fasse attention, sinon elle risque de m'entendre. »

Elle se retourna vers le petit singe. Il léchait le lait sur ses lèvres, les yeux bien ouverts maintenant. Il leva vers elle un regard rond et curieux, comme un bébé.

– Oui, c'est bon, hein ? chuchota-t-elle.

Elle pressa la tétine entre le pouce et l'index pour faire tomber quelques gouttes de plus dans sa bouche entrouverte. Le chimpanzé fit claquer sa langue pour bien sentir ce goût étrange, puis avança les lèvres.

– Tu en veux encore ? C'est bien. Tu aimes ça, pas vrai ?

Elle caressa doucement le coin de sa bouche avec le bout de la tétine. Deux ou trois gouttes roulèrent sur sa poitrine parsemée de poils noirs. Maintenant, le petit singe tournait la tête vers elle et essayait de prendre la tétine entre ses lèvres arrondies. On aurait dit qu'il hésitait…

Puis soudain, il parut se décider, il tira fermement sur la tétine et se mit à téter. Sa petite main noire sans poil, qui jusque-là était crispée sur le bord du carton, se détendit et il la posa sur son ventre. Il ferma à demi les yeux de plaisir.

Comme on avait frappé un petit coup discret à la porte, sans quitter le bébé des yeux, Afra répondit :
– Entrez.

Mwape referma la porte derrière lui et vint la rejoindre.

– Pouh ! Ce jardinier, j'ai cru qu'il n'allait jamais s'arrêter de parler !

– Chut !

Afra lui décocha un regard noir.

– Mlle Hamble est dans la chambre d'à côté. Je viens de l'entendre tousser.

Le bébé singe avait brusquement rouvert les yeux en entendant la voix de Mwape et il avait aussitôt recommencer à s'agripper au bord du carton. Il arrêta de téter pour regarder le nouveau venu qui tendit la main pour lui chatouiller le ventre.

– Non, ne fais pas ça, protesta Afra. Il ne faut pas le toucher pour l'instant. Il n'est pas encore prêt.

– Comment tu le sais ? répliqua Mwape, piqué au vif.

– C'est que... tu sais, je me suis occupée de tas de bébés orphelins...

Afra pesait ses mots. Elle ne voulait pas le vexer. Elle avait besoin de son aide.

– Des petits animaux, des oiseaux, un chiot. Et j'ai appris à les connaître. Tu vois, ce petit bout de chou est passé entre je ne sais combien de mains ces derniers jours. Il a besoin d'un peu de temps. De prendre un peu de distance avec les hommes.

Mwape s'assit avec précaution sur le lit à côté du carton et reprit, à voix basse cette fois :

– D'accord, je comprends. Alors qu'est-ce que tu vas faire ? Tu veux le garder ?

Afra secoua la tête.

– Non, pas question. Ce n'est pas possible. D'abord, je ne vois pas comment je pourrais le ramener au Kenya. Et puis mon père ne serait pas d'accord pour que j'aie un singe à Nairobi. En plus, je ne pourrais pas lui offrir tout ce dont il a besoin. Il n'aurait pas assez d'espace pour se balader, pas de coin tranquille pour s'isoler, pas d'autres chimpanzés pour lui tenir compagnie... des tas de choses comme ça. Mais bon, je n'ai pas encore eu le temps de réfléchir. Une chose à la fois ! Pour l'instant, il faut que je le fasse manger si on veut qu'il survive.

– Ne t'en fais pas. Il va bien s'en sortir. Regarde-le, il a pratiquement fini son lait.

Le petit singe s'était remis à téter de plus en plus goulûment. Il tendait la tête pour essayer de tirer davantage de lait du biberon presque vide. Il but les dernières gouttes puis resta quelques instants à téter dans le vide avant de réaliser qu'il n'avalait plus que de l'air. Il s'arrêta à regret.

– C'est drôle, il ressemble tellement à un bébé humain, remarqua Mwape. Mon petit frère faisait exactement pareil.

Afra retira la tétine de la bouche du chimpanzé.

– Oui, mais ce n'est pas un vrai bébé. Pas un enfant humain, je veux dire. Et on a vite tendance à l'oublier. Tout à l'heure, je commençais à bêtifier, tu sais, à parler bébé et, tout à coup, je m'en suis rendu compte... Non, arrête. Il est vide, ton biberon. Ça suffit, maintenant. C'est bien, tu as tout bu comme un grand...

Elle s'arrêta et sourit.

– Tu vois, je recommence.

Comme si le lait lui avait donné une nouvelle confiance en lui, le petit animal passa pour la première fois en position assise et glissa un petit doigt terminé par un ongle noir et dur hors du carton pour toucher le dessus-de-lit.

Puis il prit son pied dans sa main et se mit à étudier la plante. Il tripotait nerveusement la peau plissée et nue comme s'il cherchait quelque chose.

– Il doit avoir une petite coupure, remarqua Afra. Laisse-moi regarder.

Sans le toucher, elle se pencha et se contorsionna pour pouvoir examiner le minuscule pied noir dont les orteils, presque aussi longs et agiles que les doigts d'une main, étaient repliés vers la plante.

– Oh, mais tu as une vilaine écharde. Attends, je vais te l'enlever.

D'une main experte, elle saisit l'extrémité du petit morceau de bois entre le pouce et l'index et le retira d'un mouvement vif. Le bébé singe souffla doucement et ouvrit la bouche comme s'il allait pleurer mais, finalement, il la referma et se mit à observer Afra de ses grands yeux d'ambre ronds et curieux.

Afra eut un pincement au cœur. Elle ressentait déjà un tel amour pour ce petit animal, elle voulait le cajoler et le protéger.

– Non, dit-elle à voix haute, un peu plus violemment qu'elle n'en avait l'intention.

– Hein, pourquoi « non » ? s'inquiéta Mwape.

– Il ne va pas… enfin, je ne vais pas laisser Daniel ou quiconque l'emmener je ne sais où.

Elle s'interrompit brusquement. Un bruit de pas pressés, sous la véranda, s'était arrêté juste devant sa chambre. Une voix essoufflée demanda :

– Il y a quelqu'un ?

Elle courut ouvrir la porte en restant bien dans l'encadrement pour empêcher l'intrus de voir à l'intérieur. L'homme qui se tenait sur le seuil était l'un des passagers de l'avion.

– Venez vite, haleta-t-il, ils ont réparé l'appareil plus tôt que prévu. Comme il reste quelques heures avant la nuit, le pilote veut partir tout de suite pour nous emmener à Lubumbashi ce soir. Je suis chargé de rassembler tout le monde.

Afra le regarda sans comprendre.

– Il faut qu'on y aille tout de suite ?

– Oui, le minibus part dans cinq minutes. Votre mère est dans quelle chambre ?

– Ce n'est pas…, répliqua automatiquement Afra

puis, finalement, elle renonça à s'embarquer dans une longue explication. Elle est dans la chambre d'à côté.

– OK. Bon, dépêchez-vous. Le pilote n'attendra pas les retardataires, lança l'homme en repartant pour continuer sa mission.

Afra referma la porte derrière lui et se retourna vers Mwape, le visage tendu.

– Bon ? Tu vas m'aider ?

Mwape avait l'air hésitant.

– T'aider ? Comment ça ?

Elle claqua la langue impatiemment.

– Tu vas me donner un coup de main ou tu vas laisser Daniel l'emporter pour qu'il finisse ses jours derrière les barreaux d'un zoo ou attaché au fond d'une cour comme un chien ?

Il fronça les sourcils.

– Qu'est-ce que tu veux que je fasse ?

– Je ne sais pas.

Afra arpentait la pièce en agitant les bras dans le vide.

– Je ne sais pas quoi faire ! Mais on ne peut quand même pas l'abandonner comme ça, Mwape ? Tu es d'accord, non ?

– On ne peut pas non plus l'emmener avec nous ! Qu'est-ce qu'on fera d'un chimpanzé à Lubumbashi ? J'imagine déjà la tête de mon père si j'arrive avec un singe dans les bras ! Et puis, toi, tu dois aller en Zambie. Tu as entendu ce qu'a dit Daniel ? C'est interdit de sortir des chimpanzés du Congo. Tu te feras arrêter à la frontière.

Afra avait envie de taper des pieds.

– C'est tout ce que tu trouves à dire ? explosa-t-elle. Ce n'est pas possible, on ne peut pas… Si on veut l'emmener avec nous, il faut qu'on ait un plan !

Elle fut prise d'une inspiration soudaine.

– Je croyais que tu aimais le danger et l'aventure, reprit-elle. James Bond, Jackie Chan, tu crois qu'ils hésiteraient ? Non, ils fonceraient. Ils le feraient entrer en douce dans l'avion et ils échafauderaient un plan génial pour…

– Ouais, c'est vrai !

La ruse d'Afra avait mieux fonctionné qu'elle ne l'espérait. Mwape avait les yeux brillants d'excitation.

– Jackie Chan enverrait tous les méchants au tapis en deux trois coups de kick-boxing puis il s'échapperait en grimpant sur le toit et en sautant d'immeuble en immeuble ! Pour défier la mort !

Elle ne put s'empêcher de l'interrompre pour le ramener sur Terre.

– A Mumbasa ? Désolée, je n'ai pas vu le moindre gratte-ciel !

Elle allait en rajouter, mais elle s'arrêta dans son élan. Ce n'était pas le moment de le vexer.

Le chimpanzé laissa échapper un bâillement, qui se transforma en une sorte de grognement.

Ils se retournèrent d'un seul mouvement pour le

regarder. Assis dans son carton, il se grattait la tête d'une main et tenait son pied blessé dans l'autre. Il avait l'air tellement sérieux qu'ils éclatèrent de rire, en prenant garde à ne pas faire trop de bruit.

– Non, on ne peut pas le laisser ici, admit Mwape. Donc on doit l'emmener avec nous.

Sa voix trahissait son excitation.

– Oui, c'est la seule solution. Mais le problème, c'est de trouver comment s'y prendre pour le transporter…

– Dans son carton, tiens.

Mwape se mordilla les lèvres. Il réfléchissait tout en parlant.

– Il nous faut quelque chose pour le recouvrir.

Il examina les quelques affaires qu'Afra avait sorties de son sac et éparpillées sur son lit.

– Ta serviette éponge !

– Tu veux couvrir le carton avec ma serviette ? Mais elle risque de tomber. Et il va tirer dessus !

– Mais non, on va l'attacher.

Mwape prenait de l'assurance.

– Tu as des ciseaux ?

– Oui, dans ma trousse de toilette. Oh, d'accord. Tu veux percer des trous dans le carton pour qu'il puisse respirer.

– Non, je me disais qu'on pourrait couper des bandes de tissu qu'on attacherait sur les bords du carton pour maintenir la serviette en place. Mais les trous d'aération, c'est aussi une bonne idée.

Afra était déjà en train de chercher ses ciseaux. Elle les sortit de sa trousse de toilette et se mit à découper la boîte en s'efforçant de ne pas effrayer le bébé singe. Il recula prudemment en voyant apparaître la lame métallique et se tapit de nouveau au fond du carton, mais il avait l'air moins effrayé qu'avant. Quand elle eut fini, il s'allongea et se roula en boule comme un chiot dans son panier.

– Tu dois être fatigué, mon petit bout, murmura-t-elle. Et maintenant que tu as bien mangé, tu vas peut-être faire une bonne sieste. Ce serait bien. Allez, fais dodo. Maintenant, on va mettre la serviette sur le carton. Ne t'inquiète pas. Là, voilà.

Elle étendit le carré d'éponge avec précaution et attendit anxieusement. Elle avait peur que le petit chimpanzé s'affole et essaye de la retirer, mais il avait l'air de l'accepter. Il resta tranquille et, bientôt, elle n'entendit plus que sa respiration paisible.

Afra fouilla de nouveau dans son sac et en tira un vêtement rouge. Elle s'empara des ciseaux et s'arrêta, hésitante.

– Qu'est-ce que c'est ? lui demanda Mwape.
– Ma robe neuve. C'est ce que j'ai de plus long.

Elle la contempla tristement puis approcha les ciseaux du tissu léger.

– Non, attends ! s'écria Mwape, scandalisé. Tu ne vas pas gâcher une si belle robe. J'ai une vieille chemise qui est déchirée et que je ne mets plus. Je vais la chercher.

Il sortit de la chambre en courant tandis qu'Afra fourrait vite ses affaires dans son sac. Puis, avec la bouteille d'eau qui était posée sur sa table de nuit, elle prépara un nouveau biberon de lait. A son grand soulagement, le chimpanzé restait tranquille et silencieux.

« Il faut que j'invente une histoire pour expliquer pourquoi j'emporte ce carton », se dit-elle.

Elle entendait déjà Mlle Hamble :

– Oh, mais Afra, qu'est-ce que tu caches dans ce carton, mon cœur ? Je peux regarder ?

Elle minaudait, imitant la voix agaçante de la vieille dame, mais elle s'arrêta net en voyant Mwape entrer dans la chambre. Toute gênée, elle se demanda s'il l'avait entendue, mais elle n'eut pas trop le temps de s'interroger.

– Vite, le minibus est arrivé, annonça-t-il. Les autres sont en train de monter à bord. Il faut qu'on y aille !

Chapitre 6

LUCKY

Le cœur d'Afra battait à tout rompre lorsqu'elle suivit Mwape hors de la chambre et qu'ils traversèrent la cour de la mission pour rejoindre le minibus. Elle portait le carton en faisant bien attention de ne pas le secouer pour ne pas effrayer le bébé sinon il risquait de faire du bruit ou de tirer sur la serviette. Mwape s'était chargé de son sac.

Elle scruta l'intérieur du véhicule qui était déjà à moitié plein. Les passagers, que toutes ces aventures avaient rapprochés, discutaient et riaient gaiement tous ensemble.

Afra monta et s'assit près d'une fenêtre. Mwape s'installa à côté d'elle et lui tourna le dos pour la cacher à la vue des autres. Il avait l'air de bien s'amuser.

« Ce n'est qu'un jeu pour lui, se dit-elle. Mais si jamais il décide qu'il en a assez de jouer, je me retrouverai coincée. »

Mlle Hamble arriva en dernier. Elle traversa la cour tant bien que mal en s'appuyant au bras de l'un des employés. Elle avait les yeux gonflés et le teint grisâtre. Quand elle vit qu'Afra était assise saine et sauve dans le minibus, elle s'installa derrière elle et s'essuya le front avec son mouchoir.

Afra se sentit obligée de dire quelque chose.

– Ça va, mademoiselle Hamble ? demanda-t-elle en se retournant avec précaution pour ne pas déranger le chimpanzé. Vous avez moins mal à la tête ?

La vieille dame réussit à lui adresser un pâle sourire.

– Ce n'est qu'une mauvaise migraine, expliqua-t-elle d'une voix faible. Ça dure un moment puis ça repart comme c'est venu. Ça va passer.

Afra était impressionnée malgré elle. Visiblement, Mlle Hamble était dans un état pitoyable, mais elle n'en faisait pas toute une histoire et elle restait aimable avec tout le monde. Avec un petit pincement de culpabilité, Afra se dit que, en fait, cette migraine tombait à pic. Elle aurait pu monter dans le minibus avec un léopard sur les talons et un perroquet sur l'épaule que Mlle Hamble n'aurait pas bronché.

Mais en revanche, elle devait se méfier des deux Américaines.

L'une d'elles se retourna pour demander :

– Eh bien, les enfants, qu'est-ce que vous avez fabriqué tout l'après-midi ? Et qu'est-ce que vous cachez dans cette mystérieuse boîte ?

Le cœur d'Afra fit un bond dans sa poitrine.

La gorge serrée, elle réussit à articuler :

– Des fruits... oui, des bananes. Mwape et moi, on est allés en ville et on les a achetées là-bas.

– Des fruits ? Mais pourquoi avoir mis une serviette dessus ? les questionna l'autre femme, intriguée. On dirait que vous trimballez un animal sauvage là-dedans. Il n'y aurait pas un nid de tarentules ou un cobra dans ces bananes, par hasard ?

Sa propre plaisanterie la fit pouffer.

– Les fruits sont très murs, expliqua Mwape en riant lui aussi. Les bananes, c'est très fragile, vous savez. C'est pour ça qu'il faut les protéger du soleil, sinon, elles pourrissent.

Son interlocutrice se préparait à le submerger de questions mais, heureusement, le chauffeur relâcha le frein à main juste à ce moment-là et le minibus se mit en mouvement. Ils sortirent de l'enceinte de la mission et s'engagèrent sur la route qui menait à la piste d'atterrissage. Afra se laissa aller dans son siège en soupirant.

– Regarde, on vient de dépasser Daniel, remarqua Mwape qui jubilait.

Afra tourna la tête. En effet, Daniel était à l'entrée de la mission et il fixait l'arrière du minibus d'un œil furieux.

– Je parie qu'il venait chercher notre petit bout de chou, chuchota Afra. On est partis juste à temps.

L'espace d'un instant, elle le regretta presque. Daniel les aurait tirés d'affaire. Il leur aurait proposé une solution raisonnable d'adulte et les aurait apaisés en leur promettant que le bébé chimpanzé serait heureux.

« Mais ça n'aurait pas marché, se dit-elle. Il aurait fini dans un zoo ou à jouer les animaux de compagnie je ne sais où, c'est sûr. »

De toute façon, c'était trop tard pour lui donner le bébé. Maintenant, elle ne pouvait plus faire demi-tour. Elle en était responsable et il fallait qu'elle lui assure un avenir convenable.

« Je ne regrette rien. Je vais me battre pour lui. »

Le transfert vers l'avion fut plus facile qu'elle ne le pensait. Le pilote était déjà aux commandes et le copilote se tenait à la porte pour dire aux passagers de se dépêcher. Personne ne fit attention au carton d'Afra.

– Je me demande si nous sommes fous ou suicidaires, fit l'une des Américaines. Tout de même, ce matin, nous avons échappé de justesse à une tempête. Alors cet après-midi, vous pariez sur quoi ? Un ouragan ?

Le copilote, qui l'avait entendue, se voulut rassurant.
– Non, non, le ciel est dégagé maintenant. Regardez : il n'y a pas un nuage à l'horizon.

Afra et Mwape se faufilèrent vite à l'arrière de l'appareil. Il n'y avait qu'un siège de chaque côté et personne n'avait envie de s'installer si loin derrière. En plus, deux rangées vides les séparaient des autres passagers. Mlle Hamble monta à bord en dernier et s'écroula avec reconnaissance dans le fauteuil le plus proche de la porte que les autres lui avaient gentiment réservé.

Une fois la porte fermée et les ceintures attachées, l'avion se mit à gronder et prit son élan sur la piste. La peur au ventre, Afra oublia un instant le petit animal qui était dans le carton sur ses genoux. Et si cette femme avait raison ? Et s'ils étaient pris dans une tornade ? Cependant, le ciel était plutôt clair maintenant. Le soleil descendait de la voûte bleu foncé de la fin d'après-midi vers les collines violettes qui pointaient à l'horizon. Comme l'avion prenait de l'altitude, elle découvrit la forêt qui s'étendait, verte et dense, dans toutes les directions. Le temps avait l'air serein mais, tout à l'heure, la tempête avait surgi de nulle part. Et si ça recommençait ?

Pour ne pas y penser, elle se concentra sur les cimes des arbres qui défilaient sous l'appareil. Le matin, elle avait essayé d'imaginer les animaux qui vivaient dans la moiteur et la pénombre de la forêt et, maintenant, par un caprice du sort, l'un de ses habitants se retrouvait là, sur ses genoux, et son avenir dépendait complètement d'elle.

Elle distinguait nettement les routes des bûcherons qui traçaient de longues lignes de destruction où la forêt était écorchée à vif. Elles étaient bordées de taches plus claires, sans doute aux endroits où ils avaient abattu des arbres, maintenant remplacés par de frêles arbustes.

« C'est chez toi, mon bébé, pensa-t-elle, c'est ton territoire qu'ils sont en train de saccager. »

Comme s'il avait entendu sa voix, le petit singe remua. Afra sentit son poids se déplacer sur ses genoux et entendit ses ongles gratter contre le carton. Puis une bosse ronde se forma sous la serviette. Il essayait de se mettre assis.

Afra glissa un regard affolé à Mwape. Il fixait la boîte, effaré, comme s'il venait juste de réaliser dans quel pétrin ils s'étaient fourrés.

– Il a encore faim, chuchota-t-il. Donne-lui à manger, vite.

Il lui passa le biberon qu'elle avait rangé dans son sac. Avec précaution, elle détacha un coin de la serviette. Aussitôt, une petite main apparut dans l'ouverture. Avant qu'elle ait eu le temps de réagir un bras suivit, puis une épaule et, en quelques secondes, le bébé était sorti du carton.

Afra entendit Mwape qui retenait un petit cri et elle jeta un coup d'œil inquiet au reste de l'appareil. Heureusement, ils étaient assis tout au fond, séparés des autres passagers par deux rangées de sièges vides. Et tout le monde regardait vers l'avant, ou sur le côté, par le hublot.

Une image affreuse traversa l'esprit d'Afra. Elle vit un petit chimpanzé surexcité lâché en liberté dans cet espace confiné. Tout le monde s'affolerait et se mettrait à crier. Il paniquerait et voudrait mordre ceux qui essaieraient de l'attraper. Et s'il entrait dans le cockpit et qu'il touchait aux commandes…

Son sang se glaça rien qu'à cette pensée.

Mais elle s'inquiétait pour rien. Le chimpanzé était encore bien trop faible pour quitter ses genoux. Il passa ses longs bras poilus autour de son cou et ses pattes autour de sa taille. Puis il nicha sa tête dans son cou et se blottit contre sa poitrine.

Une bouffée d'amour submergea Afra qui se décrispa complètement. Elle referma doucement ses bras autour du bébé, comme elle imaginait que sa mère aurait pu le faire. Elle sentait l'odeur chaude de foin, de fruit et de terre qui montait de ses petites épaules et de sa tête ronde.

Elle se pencha pour mieux le regarder. Ses oreilles, qui étaient nues contrairement au reste de son crâne, faisaient comme deux petites soucoupes de chaque côté de sa tête. Elle distinguait des veines bleues qui battaient sous sa peau couleur café, mais elle ne pouvait pas voir ses yeux. Son front s'avançait en un épais rebord osseux qui les cachait.

Elle caressa tendrement ses épaules rondes. Sous les poils drus, la peau paraissait ferme, moins fine que la peau humaine. Il poussa comme un petit soupir de contentement et leva les yeux vers elle, puis il lui prit la main, glissa deux de ses doigts dans sa bouche et se mit à les téter.

La gorge d'Afra se serra. Elle avait envie de pleurer.

– Je t'aime, murmura-t-elle, on vient juste de se rencontrer, mais je t'aime vraiment.

« Peut-être que c'est ce que les mères ressentent pour leurs bébés, pensa-t-elle. Et dire que ma mère n'a même pas eu le temps d'éprouver ce sentiment pour moi. »

Le petit chimpanzé remua et elle sentit son coccyx pointu rentrer dans son genou. La surprise la tira de la mélancolie dans laquelle elle menaçait de sombrer.

– Mais je ne suis pas ta maman, chuchota-t-elle en se reprenant. Et il faut qu'on soit très prudents, sinon on risque tous les deux d'avoir de gros ennuis.

Elle releva la tête pour jeter un œil aux autres passagers. Ouf ! personne ne s'était retourné. Mwape lui toucha le bras.

– Qu'est-ce que tu attends ? Donne-lui vite à manger et recouche-le, la pressa-t-il d'une voix tendue.

Afra se sentit coupable de l'avoir entraîné dans cette histoire.

« Il aura encore plus de problèmes que moi si on se fait prendre. Il habite ici. Son père travaille pour l'hôpital de la mission. »

D'une main, elle prit le biberon qui avait glissé sur le côté de son siège et l'introduisit délicatement dans la bouche du petit chimpanzé. Elle l'installa comme un bébé dans ses bras et il se mit à téter avidement.

Il leva les yeux vers elle. Il avait l'air à la fois naïf et sérieux, heureux et plein de sagesse.

« Arrête de te dire que tu sais ce qu'il ressent, se dit-elle. C'est un animal, tu ne peux pas savoir ce qu'il a dans la tête. C'est idiot. »

Il tétait avec une telle voracité qu'elle eut peur qu'il ne s'étouffe. Elle retira légèrement la tétine pour le laisser respirer, mais il la reprit fermement et la remit dans sa bouche.

– Je ne sais pas ce qu'on va faire de toi, murmura-t-elle. Je me suis encore fourrée dans un sacré pétrin. Je ne sais pas du tout comment je vais nous sortir de là.

Alors qu'elle penchait le biberon pour faire descendre les dernières gouttes de lait dans la tétine, il lui vint une idée.

« Je vais t'appeler Lucky, décida-t-elle. Ça veut dire " veinard " en anglais. Peut-être que ça nous portera chance, parce qu'on va en avoir sacrément besoin ! »

Chapitre 7

UN PLAN CULOTTÉ

C'était tellement agréable de tenir Lucky dans ses bras qu'Afra eut du mal à se séparer de lui.

– Ce ne sera pas long, lui chuchota-t-elle. Il faut que tu retournes dans ta boîte maintenant, Lucky.

Quelqu'un avait laissé un journal dans la pochette du siège de devant. Elle le prit pour l'étaler au fond du carton. Puis, tant bien que mal, elle détacha ses longs bras qu'il avait enroulés autour des siens et le déposa dans sa boîte. Comme il s'apprêtait à ressortir aussitôt, elle protesta énergiquement :

– Non !

Mais elle savait qu'il ne pouvait pas comprendre.

Puis, soudain, elle se souvint que Bella, la petite sœur de Tom, avait une peluche qu'elle emportait partout avec elle. Peut-être que Lucky se calmerait si elle lui donnait un doudou à câliner.

Elle fouilla dans son sac et en tira un foulard. C'était un joli carré de soie que Marine lui avait offert, mais elle le roula en boule et le glissa sous la tête de Lucky.

Il s'en empara immédiatement et se mit à le téter du bout des lèvres et à le frotter contre sa joue. Elle remit vite la serviette en place et la rattacha avec les bandes découpées dans la chemise de Mwape.

Ouf ! Juste à temps ! Elle avait presque oublié les autres passagers qui semblaient à des kilomètres de là, derrière les rangées de sièges vides, et elle fut surprise de voir l'une des femmes se retourner.

– Ça va derrière, les enfants ? demanda-t-elle. Et vos bananes, elles supportent bien le voyage ?

Afra réussit à sourire mais son cœur battait à tout rompre.

– Ça va, ça va, répondit-elle. Les bananes n'ont pas le mal de l'air.

La femme se détourna en riant.

Afra jeta un œil à Mwape, ravie qu'il ne soit pas intervenu pour en rajouter des tonnes. A son grand étonnement, il avait l'air tout excité.

– J'ai une idée, murmura-t-il avec une voix de conspirateur. Je sais ce qu'on va faire.

– Ah ? Quoi ? fit-elle, méfiante.

– J'ai un super plan. C'est la grande aventure !

La gorge d'Afra se serra. Il était vraiment agaçant avec ses idées abracadabrantes.

En voyant qu'elle n'était pas convaincue, il lui sourit d'un air encourageant.

– Tu ne me crois pas, mais tu vas voir, c'est génial. Je viens de me rappeler quelque chose.

– Mais quoi ? Vas-y, raconte !
– Sokomuntu !
– Sokomuntu ? Qu'est-ce que c'est que ça ?
– C'est un endroit en Zambie. Une sorte de refuge pour les chimpanzés. Ils accueillent des tas de singes.
– Comment ça, un refuge ? demanda Afra, soupçonneuse. C'est un zoo, c'est ça ? Les animaux sont en cage ?
– Mais non, pas du tout ! J'y suis allé avec ma classe quand j'étais petit. Le refuge est entouré de grandes clôtures, très hautes, pour qu'ils ne puissent pas sortir mais, à l'intérieur, il y a des arbres et de l'herbe et ils peuvent faire ce qu'ils veulent. Ils jouent, ils se courent après, ils se battent pour de rire et ils sautent de branche en branche.

Afra serra le carton plus fort dans ses bras. Ça avait l'air trop beau pour être vrai, c'était l'idéal pour Lucky, mais elle sentait déjà son cœur se serrer à l'idée de le quitter.

« Ce ne sera plus mon bébé, se surprit-elle à penser, alors que, pour le moment, je remplace sa mère. »

Elle secoua légèrement la tête pour chasser cette idée. Il fallait qu'elle choisisse ce qu'il y avait de mieux pour Lucky.

Elle ne devait pas tenir compte de ses propres sentiments.

– Et où est-ce ? demanda-t-elle. Comment va-t-on l'emmener là-bas ?

Mwape se pencha par-dessus l'allée en jetant un œil dans l'appareil pour vérifier que personne ne risquait de l'entendre.

– C'est en Zambie, lui murmura-t-il à l'oreille.

Elle fronça les sourcils.

– Mais on ne peut pas passer la frontière avec un chimpanzé, tu te souviens de ce que Daniel nous a dit.

– Je sais ! s'exclama-t-il en se frappant la cuisse. C'est pour ça que ce sera une véritable aventure.

Elle le regarda, l'air sévère.

– Mwape, tu n'es pas James Bond, ni Jackie Chan. Et encore moins Arnold Schwarzenegger. Ce n'est pas un jeu. On doit sauver ce bébé chimpanzé.

– Bien sûr, je le sais.

Il n'était pas le moins du monde découragé par son air sceptique.

– C'est un bon plan. J'y ai bien réfléchi.

Il parlait plus calmement maintenant, en appuyant chaque phrase d'un geste.

– On ne peut pas le laisser au Congo sinon il finira dans un zoo. Et je connais les zoos du coin, ils ne sont vraiment pas terribles. Tout petits et bondés. Et les animaux n'ont même pas assez à manger. Alors il n'y a qu'une solution. Il faut qu'on le fasse sortir du pays.

– Oui, d'accord. Mais les gardes-frontière…

– On n'en croisera pas un seul, je te le promets. Ils ne surveillent que les routes. Nous, on va traverser la frontière ailleurs, loin des postes de douane.

– Mais où ? Et comment ?

– Lubumbashi est tout près de la frontière avec la Zambie. A quelques kilomètres seulement. Et Sokomuntu n'est pas loin de l'autre côté. On ira à pied.

Afra écarquilla les yeux.

– A pied ? Mais tous les gens qu'on croisera vont nous poser des questions, surtout si on est loin de la route. Tu connais les gens de la campagne ; ils veulent toujours tout savoir.

Mwape agita la main dans les airs.

– Ils ne nous verront même pas ! On fera très attention et on se déplacera de nuit.

– De nuit ? répéta Afra d'une petite voix. Dans la forêt ?

Elle ne voulait pas l'avouer devant Mwape, mais elle avait peur de se retrouver dehors la nuit. Au Kenya, elle s'était enfuie une fois au milieu de la nuit et elle avait traversé la campagne déserte. Les hyènes rôdaient autour d'elle, les lions et les léopards n'étaient pas loin. Elle avait failli mourir de peur.

Mais c'était comme si Mwape avait lu dans ses pensées.

– Ne t'inquiète pas. Ça n'a rien à voir avec la forêt du Congo, il n'y a que de petits acacias. On trouve facilement son chemin au clair de lune. Et puis, il n'y a pas d'animaux sauvages dangereux au nord de la Zambie, affirma-t-il, mais il n'avait pas l'air convaincu.

« Il n'en est pas sûr, pensa Afra. Il dit juste ça pour me rassurer. »

Une foule de nouvelles objections lui venait à l'esprit.

– Mais comment va-t-on transporter Lucky ?

– Lucky ? répéta-t-il sans comprendre.

– Oh, excuse-moi. C'est comme ça que j'ai décidé d'appeler le chimpanzé. Je me suis dit qu'il aurait besoin de beaucoup de chance pour s'en sortir.

Mwape hocha la tête.

– C'est sympa, comme nom.

Il semblait avoir oublié la question, mais il y revint peu après.

– On ne pourra pas le transporter dans le carton. C'est trop encombrant. Ce serait mieux de le porter comme un bébé. Dans nos bras.

Afra s'imagina traversant la forêt d'acacias avec le petit singe dans les bras. Ça semblait complètement irréel et irréalisable. Elle n'avait pas l'habitude qu'on lui propose des plans de ce genre. En principe, c'était toujours elle qui échafaudait les projets les plus fous, qui écartait les objections de ses amis, Tom et Joseph, et qui les entraînait en usant de son pouvoir de persuasion. Elle avait besoin de temps pour réfléchir, pour élaborer un plan raisonnable. Elle était responsable de la créature qui dormait sur ses genoux. Le reste de sa vie dépendait des décisions qu'elle prendrait.

Pour gagner un peu de temps, elle regarda par le hublot. Sous l'appareil, l'épais tapis vert avait cédé la place à une forêt plus clairsemée, trouée çà et là de champs et de carrés de terre nue, où les arbres avaient été abattus depuis longtemps. Ils quittaient le domaine des chimpanzés pour entrer dans un type de paysage très différent.

– Tu es sûr de ce que tu avances, pour Sokomuntu ? demanda-t-elle en se retournant vers Mwape.

– Certain. C'est le paradis des chimpanzés. Non, d'accord, peut-être pas le paradis, mais au moins un palace. Il sera en sécurité. Avec d'autres chimpanzés. C'est le mieux qu'on puisse lui offrir, Afra. Crois-moi.

Il se renfonça dans son siège, avec un sourire satisfait aux lèvres.

– Mais qu'est-ce que tu fais de ton père ? Il t'attend chez toi, non ? Tu ne peux pas disparaître comme ça. Et c'est pareil pour Marine, la femme que je dois retrouver à Luangwa. Elle va complètement paniquer si elle ne me voit pas arriver. Et il y a aussi Mlle Hamble. Elle va me coller comme de la super glu.

Il la regarda d'un air de pitié.

– On téléphonera de l'aéroport de Lubumbashi. Je dirai à mon père que je vais chez un copain. Tu appelleras la fille de Luangwa et tu lui raconteras ce que tu veux. Quant à Mlle Hamble, je ne sais pas ! Il faut que tu inventes un truc.

Afra s'imagina ce qu'il devait penser d'elle. Une fille pénible, qui n'arrêtait pas d'essayer de ruiner son plan, trop trouillarde pour saisir la chance qu'il lui offrait de sauver Lucky. Elle se mordit la lèvre. Elle ne voulait pas qu'il la méprise. Elle était capable de tout, de prendre tous les risques, de faire n'importe quoi, d'affronter tous les dangers pour ce petit singe.

– OK, dit-elle d'une voix qu'elle voulait assurée. Ça marche.

Elle allait ajouter autre chose mais la voix du copilote se fit entendre dans la cabine.

– Mesdames et messieurs, veuillez attacher vos ceintures et redresser vos sièges. Nous allons atterrir à Lubumbashi.

Chapitre 8

MÉLI-MÉLO

Afra avait le cœur au bord des lèvres lorsque l'avion se posa sur la piste et s'arrêta en cahotant. Aucun bruit ne s'échappait du carton. Lucky devait dormir en digérant son second biberon de lait.

– C'est bien, mon bébé, murmura-t-elle. Ne bouge pas. Ça ne va pas être facile.

Le soleil descendait déjà vers l'horizon, baignant tout le paysage d'une belle lueur dorée. Afra fut la dernière à sortir de l'appareil, cachée derrière Mwape, qui avançait d'un pas guilleret, ravi de vivre enfin la grande aventure.

Ils entrèrent dans le bâtiment de l'aéroport. Il était grand mais pratiquement désert.

La nuit allait bientôt tomber et c'était le dernier vol de la soirée.

Mlle Hamble était déjà affalée sur une chaise juste à côté de la porte. Elle parlait au pilote qui était obligé de se pencher vers elle pour l'entendre. En apercevant Afra, elle lui adressa un faible sourire.

– Ah, te voilà, ma chérie. Nous nous demandions justement ce que nous allions faire de toi.

Après avoir discrètement posé la boîte de Lucky dans un coin derrière une rangée de sièges, Afra rejoignit Mlle Hamble.

– Ça va aller, répondit-elle d'un ton qu'elle voulait dégagé. Ne vous inquiétez pas pour moi.

Elle avait envie de lui raconter qu'elle avait un vieil ami à Lubumbashi qui allait passer la chercher ou qu'avec Mwape, ils avaient découvert qu'ils étaient cousins éloignés et qu'elle allait rendre visite à sa famille, mais ce n'était pas vraiment convaincant. Elle ne voyait pas du tout comment se débarrasser d'elle.

– Peter Mpundi va demander au personnel de l'aéroport de joindre Luangwa par radio pour prévenir l'amie de ton père. Mais je veillerai sur toi jusqu'à ce que tu la retrouves.

Afra était mal à l'aise. Elle sentait Mwape qui arrivait derrière elle et elle avait peur qu'il ne se joigne à la conversation et que son enthousiasme débordant n'éveille les soupçons de Mlle Hamble. Elle n'avait qu'une envie, c'était de s'éclipser aussi vite que possible.

– Vous allez essayer de contacter Luangwa maintenant ? demanda-t-elle à Peter Mpundi. Je peux venir avec vous ?

Il lui sourit gentiment.

« C'est ça, dans deux secondes, il va me tapoter la

tête comme si j'avais trois ans », s'énerva Afra et son sourire se figea sur ses lèvres.

Mais le pilote s'aperçut qu'elle s'était raidie.

– Suis-moi alors, lui proposa-t-il plus sèchement en se dirigeant vers le fond du hall des arrivées.

Afra jeta un regard désespéré vers Mwape et désigna le carton du menton. Il lui adressa un signe discret pour montrer qu'il avait compris et s'assit sur une chaise juste devant, comme s'il montait la garde.

L'opérateur radio connaissait Peter Mpundi. Ils se mirent à discuter dans une langue qu'Afra ne comprenait pas. Elle le regardait anxieusement essayer de contacter Luangwa. Elle était vidée. La situation lui échappait. Elle se sentait prisonnière. C'était un vrai cauchemar, comme si un tapis roulant fou l'emportait contre sa volonté et l'empêchait de sauver Lucky.

– Peter !

La voix chaleureuse lui fit tourner la tête. Un homme immense venait à la rencontre du pilote, qui quitta la pièce pour le rejoindre. Afra entrevit une lueur d'espoir.

L'opérateur, qui avait fini par joindre la Zambie, leva les yeux vers elle.

– Ne t'inquiète pas. Je viens d'avoir Luangwa. Je les ai prévenus que tu étais là. Ton amie viendra te chercher à l'aéroport demain matin.

Afra entendit Peter Mpundi revenir derrière elle. Elle adressa un grand sourire à l'opérateur.

– Super, merci beaucoup.

Elle avait un plan. Il fallait qu'elle empêche Peter de parler avec lui. Heureusement, la chance était avec elle. Juste au moment où les deux hommes allaient reprendre leur conversation, la radio émit un grésillement et l'opérateur se mit à parler dans le micro. Alors Peter lui fit au revoir de la main et s'éloigna avec Afra.

– C'est bon, dit-elle. Ils ont envoyé un message à l'amie de mon père de Mumbasa. Elle arrive de Luangwa pour venir me chercher.

Le pilote fronça les sourcils.

– Maintenant ? Mais comment ?

– Je ne sais pas vraiment. Quelqu'un l'amène en avion. C'est tout ce qu'on m'a dit. Elle a dit que je devais l'attendre ici. Ils seront là dans trente minutes environ, leur avion a décollé il y a une heure.

– Mais l'aéroport va fermer. Il va bientôt faire nuit.

– Ils ont dit qu'ils arriveraient à temps. Il n'est que cinq heures et demie.

Elle serrait les poings si fort que ses ongles lui rentraient dans la paume de la main. Il secoua la tête et s'apprêtait à ajouter quelque chose mais, comme ils avaient rejoint Mlle Hamble, Afra s'empressa d'annoncer :

– Tout est arrangé, mademoiselle Hamble.

Elle glissa un bref coup d'œil au carton, mais Mwape était toujours assis devant, le dissimulant.

– Marine est en chemin. Elle vient me chercher ici, tout compte fait.

La vieille dame leva les yeux, l'air soulagée.

– Bon, tout est bien qui finit bien. Ah, quelle journée, ma pauvre chérie ! On va l'attendre au café, d'accord ? Une bonne tasse de thé ne nous fera pas de mal, hein ?

– Oh, ce n'est pas la peine que vous attendiez avec moi, mademoiselle Hamble. Vous devriez être au lit.

Afra avait un peu honte de jouer ainsi la comédie, mais elle poursuivit.

– Vous êtes toute pâle. Vous n'avez vraiment pas l'air en forme. Je peux rester ici toute seule, ne vous inquiétez pas.

– Non, non.

La vieille dame tressaillit en secouant la tête.

– Tu es sous ma responsabilité. Je ne me le pardonnerai pas si jamais…

– Mais je suis là, moi, intervint Mwape en se levant pour les rejoindre. J'attends mon père. Il doit venir me chercher. Nous resterons avec Afra jusqu'à ce que son amie arrive et nous les déposerons à un bon hôtel où elles pourront passer la nuit.

Il avait l'air sérieux et responsable pour une fois. Afra retint son souffle.

– Eh bien…, commença Mlle Hamble.

– Ils nous attendent ! cria l'une des Américaines en lui faisant signe. Vous venez ? Le minibus doit nous emmener en ville.

Derrière elle, Afra aperçut le véhicule garé juste en face de la porte.

Peter Mpundi se pencha pour aider Mlle Hamble à se relever.

– Ne vous inquiétez pas. Vous êtes malade, allez vous reposer. Je garderai un œil sur ces deux gamins.

– C'est vrai ? demanda-t-elle, en levant vers lui un visage reconnaissant. Vous ne partez pas tout de suite ?

– Non, pas encore. Je dois d'abord écrire mon rapport. Venez, le minibus vous attend.

Mlle Hamble posa la main sur son épaule avec une telle tendresse dans le regard qu'Afra se sentit coupable.

– Tu es une gentille fille, lui dit-elle. C'est vraiment dommage que tes vacances aient si mal com…

Elle tituba soudain sous le coup de la douleur et porta une main à sa tête.

– Vous n'avez vraiment pas l'air bien, mademoiselle Hamble, compatit Afra, sincère cette fois-ci. Merci de vous être occupée de moi. C'était très aimable à vous. J'espère que vous allez vite vous remettre.

La vieille dame fut incapable de répondre. Elle serra sa main dans la sienne puis laissa Peter Mpundi la conduire jusqu'au minibus.

Dès qu'ils furent trop loin pour les entendre, Afra se tourna vers Mwape.

– Je ne savais pas que ton père devait venir te chercher.

– Parce que ce n'est pas vrai, expliqua-t-il, tout content de lui. Je lui ai dit ça pour qu'elle te laisse tranquille.

– Mais alors qu'est-ce qu'on va faire ? murmura-t-elle. Comment va-t-on sortir d'ici ?

Mwape se dirigeait déjà vers un comptoir surmonté du panneau « Informations ».

– Attends-moi là, lui dit-il. Il faut d'abord que j'appelle mon père.

Sa voix était plus tendue maintenant et, tandis qu'il s'éloignait, elle remarqua que tout son entrain avait disparu.

Elle s'était retournée vers les rangées de fauteuils pour jeter un œil à Lucky lorsqu'elle aperçut Peter Mpundi à l'autre bout du hall qui la montrait du doigt à un homme en uniforme. Elle leur adressa un petit signe et s'affala dans l'un des sièges. Mwape était en train d'appeler son père d'un téléphone que l'employé du bureau d'informations avait posé sur le comptoir. Il avait l'air stressé. Il tapotait nerveusement sa cuisse du plat de sa main.

Enfin, il reposa le combiné et vint la rejoindre. Il paraissait abattu mais, quand il remarqua qu'elle le regardait, il s'ébroua et se redressa, comme s'il se secouait pour retrouver sa bonne humeur.

– Tu l'as eu ? Ton père, je veux dire, le pressa Afra. Tout est arrangé ?

– Mon père ? Non…

Il essayait de prendre un ton dégagé mais l'amertume perçait dans sa voix.

– … Je suis tombé sur ma belle-mère.

– Ta belle-mère ? Mais, et ta vraie mère… ? Elle est encore en vie ?

– Oui, mes parents ont divorcé. Je voulais parler à mon père, mais ma belle-mère ne me l'a pas passé. Elle ne m'aime pas.

– Oh…

– Elle ne pense qu'à elle. Et puis, elle est toujours de mauvaise humeur. Je la déteste.

Brusquement, il ne faisait plus du tout ses quatorze ans, il avait l'air beaucoup plus jeune.

On aurait dit que toute sa détermination s'était envolée.

– Tu lui as laissé un message ? s'inquiéta Afra. Tu viens toujours avec moi, hein ?

Malheureusement, ils n'avaient pas de temps à perdre avec les problèmes familiaux de Mwape.

– Oui, oui, je lui ai demandé de dire à mon père que j'étais parti rendre visite à ma mère, ma vraie mère, et que je reviendrais lorsque j'en aurais envie. C'est dommage que je n'aie pas pu lui parler. Quand elle n'est pas là, mon père est beaucoup plus sympa avec moi. Il nous aurait peut-être aidés. Peut-être qu'il aurait su quoi faire.

– Comment ça ? s'indigna Afra. Tu veux dire que tu lui aurais parlé de Lucky ?

Mwape haussa les épaules.

– Oui, il a de bonnes idées et il connaît bien les animaux. Si ça se trouve, il aurait bien voulu l'adopter.

– Mais il n'irait plus à Sokomuntu, alors ? Au refuge pour chimpanzés ? Je ne veux pas que Lucky finisse comme animal familier. On en a déjà parlé. Et tu étais d'accord. Tu m'as dit que c'était un paradis pour les chimpanzés. On doit emmener Lucky là-bas, c'est ton plan !

Secoué par sa soudaine explosion de colère, il revint brutalement à la réalité.

– Tu as raison, admit-il avec une humilité inhabituelle. J'avais oublié. Je pensais à mon père, je voulais lui faire plaisir. Dire qu'il était là, dans la pièce ! Avec elle ! Je l'ai entendu. Il n'a même pas voulu me parler. Bon, on va passer en Zambie et j'en profiterai pour aller voir ma mère. Elle habite à Chingola, c'est tout près de Sokomuntu. Comme ça mon père s'inquiétera pour moi. Bien fait.

– Je comprends ce que tu ressens, affirma Afra, partagée entre la compassion et l'exaspération. Vraiment. Mais il faut qu'on y aille, Mwape. Nous sommes en danger ici. Lucky peut se réveiller d'une minute à l'autre et alors nous aurons de gros ennuis.

– C'est bon, je sais.

Il lui sourit et, à son grand soulagement, elle vit qu'il n'était plus abattu, ni surexcité. Il avait l'air sérieux et sûr de lui, presque adulte.

– Ça va être facile, assura-t-il. Tu vas prendre le carton et on va sortir par cette porte comme si de rien n'était. Moi, je porterai ton sac. Si quelqu'un nous demande où on va, on dira qu'on préfère attendre dehors parce qu'il fait plus frais. OK ?

– OK.

Elle était contente de pouvoir un peu se reposer sur lui. Elle se leva et jeta un coup d'œil circulaire dans le hall. Peter Mpundi était hors de vue. Personne ne regardait dans leur direction. Elle se pencha derrière le fauteuil.

Le carton était toujours là, mais la serviette qui le couvrait avait été écartée. Et la boîte était vide. Lucky avait disparu.

Chapitre 9

LA CAMIONNETTE

Le sang d'Afra se glaça.

« On me l'a volé ! pensa-t-elle. Quelqu'un l'a kidnappé ! »

Une vague de colère la submergea, l'empêchant de réfléchir calmement. Puis elle entendit Mwape dire :

– Mais non, il s'est enfui. Il a dû sortir. Il essaie sûrement de retrouver sa forêt.

Elle scruta le hall, paniquée. Mwape avait raison. Personne n'était venu dans ce coin-là. Personne ne pouvait avoir trouvé la boîte et emporté Lucky sans se faire remarquer. Et de toute façon, personne ne savait qu'il y avait un chimpanzé dans l'aéroport. Lucky devait être sorti du carton tout seul.

« Il est tellement faible qu'il n'a pas pu aller bien loin », se rassura-t-elle.

Elle avait un peu retrouvé ses esprits maintenant. Elle se pencha et regarda sous la rangée de sièges. Rien. Elle se dirigea vers un comptoir depuis longtemps désert, mais quelque chose attira son regard. Le foulard qu'elle avait donné à Lucky avançait tout seul sur le carrelage. En tournant la tête, elle le vit disparaître derrière une poubelle.

Elle se précipita aussitôt pour l'écarter du mur et découvrit Lucky recroquevillé derrière, qui se balançait d'avant en arrière en la regardant avec des yeux effarés.

– Lucky ! haleta-t-elle. Oh, Dieu merci, te voilà !

Un cri plaintif, comme un couinement étranglé, sortit de la gorge du petit chimpanzé. Sans lâcher le coin du foulard, il s'avança vers elle et tendit les bras comme un enfant qui demande à être porté.

Elle se baissa et le serra contre elle.

– Afra ! Vite ! Je crois qu'ils nous ont vus. Il faut qu'on sorte d'ici !

Mwape venait de la rejoindre avec leurs deux sacs sur les épaules. Afra se retourna et vit Peter Mpundi en grande discussion avec l'opérateur radio qui était sorti de son bureau. Il gesticulait furieusement en les montrant du doigt.

Oubliant toute prudence, elle se rua vers les grandes portes vitrées qui donnaient dans la cour de l'aéroport.

Dans son dos, elle entendit des cris qui résonnaient dans le hall des arrivées et Peter Mpundi qui les interpellait :

– Arrêtez, vous deux ! On peut savoir à quoi vous jouez ?

Puis elle se retrouva dehors avec Mwape dans la lumière grise du crépuscule.

Elle scruta frénétiquement l'étendue de béton qui entourait l'aéroport. Il n'y avait nulle part où se cacher. Tout le terrain était à découvert.

– Vite ! Suis-moi, lui cria Mwape qui traversait déjà la route en courant pour rejoindre le parking.

Afra se précipita derrière lui. Elle tenait Lucky serré contre sa poitrine, ses longs bras étaient passés autour de son cou et ses jambes enserraient fermement sa taille. Il avait l'habitude de se tenir comme ça à sa mère quand elle sautait de branche en branche dans la forêt. Il ne risquait pas de tomber.

En atteignant le parking, ils se cachèrent derrière un minibus pour voir où en étaient leurs poursuivants. Peter Mpundi et l'opérateur radio les avaient suivis hors de l'aérogare et ils étaient en vive discussion avec trois hommes en uniforme qui gardaient l'entrée.

– Baisse la tête ! siffla Mwape en plongeant vers le sol. Ils regardent par ici.

– Qu'est-ce qu'on va faire ? demanda Afra d'une voix étranglée. Ils vont nous attraper. Ils vont nous prendre Lucky. On est coincés !

– Mais non, répliqua Mwape, tout excité. Ils ne nous trouveront pas. On va être plus malins qu'eux.

Alors qu'il scrutait le parking, inconsciemment, il avait placé ses mains comme s'il s'apprêtait à faire une prise de karaté.

« Il se prend pour Jackie Chan, s'affola Afra. Me voilà bien. Ce type est complètement fou. »

Mwape laissa échapper un grognement victorieux.

– Regarde par là-bas. Il y a une camionnette bâchée. On pourrait se cacher à l'arrière.

Il avait déjà repris les sacs et se faufilait comme un chat hors de leur abri.

– Suis-moi, vite ! souffla-t-il. Ils arrivent par ici.

Les bras d'Afra se resserrèrent autour de Lucky. Il avait niché sa petite tête sous son menton et elle sentait son odeur chaude.

« S'ils essayent de me l'arracher, je me débattrai comme une folle. Je ferai n'importe quoi. Je les tuerai », se promit-elle, et cette pensée lui redonna du courage.

Un instant plus tard, elle était montée à l'arrière de la camionnette avec Mwape. Aussi discrètement que possible, ils s'étaient faufilés sous la bâche.

Il faisait presque nuit désormais et, dans leur cachette, c'était l'obscurité totale. Elle entendit Mwape qui farfouillait.

– Chut ! Tu veux qu'ils nous entendent ou quoi ?

Il lui répondit par un grognement, puis il la tira par le bras. Elle sentit un sac en toile de jute entre ses doigts et n'eut pas le temps de protester quand il lui fourra sur la tête.

Puis elle comprit. Elle s'appuya contre la paroi du véhicule pour essayer de l'enfoncer davantage, mais il était trop petit. Réfléchissant à toute vitesse, elle enroula un angle autour de ses doigts pour les cacher et chuchota à l'oreille de Mwape :

– Prends l'autre coin, comme ça, le sac nous camouflera tous les deux.

Mwape prit l'extrémité qu'elle lui donnait et Afra sentit la toile se tendre quand il leva les bras. Elle se serra contre lui pour être sûre qu'aucune partie de son corps ne dépasse.

Les voix se rapprochaient de plus en plus. Celles de Peter Mpundi et d'autres qu'elle ne connaissait pas. Toutes déformées par la colère.

– Continuez par là, ordonna Peter. Ils vont peut-être essayer de s'enfuir par l'accès principal. Nous, on va fouiller le parking. Ils ne peuvent pas sortir de l'aéroport. Il y a un sacré dispositif de sécurité.

Afra sentit Lucky remuer. Ses poils lui chatouillaient le nez.

« Il ne faut pas que j'éternue. Il ne faut pas que j'éternue », se répétait-elle.

Elle déplaça un peu son bras et Lucky changea de position. Son petit corps chaud était blotti contre le sien, il s'agrippait à elle de toutes ses forces.

« Il sait que j'ai peur, réalisa Afra. Il le sent. »

Quelqu'un donna soudain un coup dans la carrosserie de la camionnette qui la fit sursauter. Comme elle craignait que Lucky ne se mette à pleurer ou à hurler de peur, elle se força à se détendre pour le rassurer.

– Regardez là-dessous ! ordonna la voix de Peter Mpundi.

Il n'était qu'à quelques centimètres, de l'autre côté de la bâche. En entendant le crissement de la toile qu'on écartait, elle ferma les yeux et bloqua sa respiration pour que le sac derrière lequel ils se cachaient reste parfaitement immobile.

« Chut, Lucky, disait-elle dans sa tête. Ne bouge pas. Ne bouge surtout pas. »

Au bout de ce qui lui sembla une éternité, le coin de la bâche claqua en revenant à sa place.

– S'ils ne sont pas là-dedans, alors où peuvent-ils bien être ?

Maintenant, dans la voix de Peter, l'inquiétude perçait sous la colère.

– Peut-être qu'ils sont retournés dans l'aérogare, monsieur, suggéra quelqu'un. Si on retournait à l'intérieur pour voir ?

« Ce doit être l'un des gardes », supposa Afra.

Les pas s'éloignèrent et les voix faiblirent. Et soudain, tout près, une portière claqua et un moteur se mit en marche. Un instant après, l'éclat des phares qui se glissait par une fente dans la bâche pénétra sous le sac de toile. Puis la voiture s'éloigna et l'obscurité revint.

Afra allait laisser tomber le sac pour se faufiler hors de la camionnette quand un autre bruit la figea sur place. Quelqu'un avait ouvert la portière conducteur du véhicule. Quelqu'un montait à l'intérieur !

– David ! Je peux vous déposer en ville, toi et les autres, cria l'homme en swahili. Grimpe à l'arrière.

Afra, qui avait repris un peu d'assurance, qui s'était même laissé emporter par leur petite victoire sur leurs poursuivants, sentit la peur la tenailler de nouveau. Toutes ses forces l'abandonnèrent. Son sang se glaça. Elle entendit des pas précipités qui accouraient vers la camionnette.

« C'est fini, se dit-elle. Dans moins d'une minute, ils vont nous découvrir. »

Elle se raidit, prête à être démasquée, puis elle entendit le conducteur dire :

– Vous n'êtes que deux ? Pas besoin de monter à l'arrière alors. Venez devant avec moi.

Elle n'en croyait pas ses oreilles !

Quelques minutes plus tard, les deux portières avant claquèrent, le moteur vrombit et la camionnette se mit à cahoter sur la surface bosselée du parking.

Mwape lui prit le bras.

– Attention ! murmura-t-il. Ils peuvent encore fouiller l'arrière à la sortie de l'aéroport.

Afra n'en pouvait plus. La fine poussière du sac de toile commençait vraiment à lui irriter le nez et les yeux et elle avait une horrible envie d'éternuer. Elle plissa le nez pour essayer désespérément de se retenir.

Mais, comme si c'était contagieux, tout à coup, Lucky éternua. C'était un son tellement humain et familier qu'il lui donna presque envie de rire. Finalement, il n'y avait aucun risque que les hommes l'aient entendu à l'avant. Le moteur faisait bien trop de bruit.

La camionnette avait pris de la vitesse et roulait sur une surface plus lisse, sûrement du goudron. Puis elle ralentit et s'arrêta avec une secousse.

– OK. Bonne nuit, lança le conducteur avant de redémarrer.

Ça y était. Ils avaient quitté l'enceinte de l'aéroport et roulaient maintenant vers le centre de Lubumbashi.

Chapitre 10

SEULE DANS LE NOIR

Afra réfléchissait à toute vitesse tandis que la camionnette prenait la direction de la ville. Ils avaient réussi à s'échapper de l'aéroport, mais franchement pas discrètement. Tout le monde devait être à leur poursuite maintenant. Peter Mpundi avait dû alerter toute la région.

Dans une heure ou deux, tous les policiers, tous les commerçants et tous les barmen de Lubumbashi seraient au courant qu'on recherchait un garçon et une fille en fuite.

Elle se demandait cependant s'ils avaient remarqué Lucky. Si oui, c'était encore pire. Ils n'avaient presque aucune chance de réussir à sortir de Lubumbashi et d'atteindre la frontière zambienne.

La camionnette freina brusquement et Afra faillit tomber à la renverse. Mwape observait les environs par une fente dans la bâche, mais elle le tira en arrière de peur qu'il ne se fasse voir. Puis elle entendit l'une des portières s'ouvrir.

— Bonne nuit ! Merci de m'avoir ramené, fit une voix d'homme.

La porte claqua et le véhicule redémarra mais, comme l'homme qu'il venait de déposer criait quelque chose, le conducteur s'arrêta de nouveau.

Afra ne comprit pas ce qu'il disait mais la camionnette se remit en mouvement et prit un virage serré, penchant dangereusement à gauche, puis elle cahota comme si elle était brutalement sortie de la route. Le conducteur coupa le moteur et ouvrit sa portière.

Elle l'entendit demander :

— Je peux laisser ma voiture ici ? Elle ne craint rien ?

Sa gorge se serra quand une troisième voix répondit :

— Ne t'inquiète pas. Je vais rester ici pour vous attendre.

Mais elle entrevit une petite lueur d'espoir car le premier répliqua :

— Non, pourquoi ? Il n'y a pas de problème par ici. Viens prendre une bière.

La camionnette fut un peu secouée quand le troisième passager descendit du siège du milieu, les portières claquèrent et la clé tourna dans la serrure. Puis les pas des trois hommes s'éloignèrent.

Afra se préparait déjà à sortir du véhicule.

— Vite, Mwape ! C'est l'occasion ou jamais ! siffla-t-elle.

Mais il était toujours assis à regarder par la fente.

— Je ne sais pas où on est. C'est encore loin de la ville. J'espérais qu'ils nous amèneraient plus au centre.

– C'est ça, là où c'est éclairé, où il y a plein de monde et de policiers, répliqua impatiemment Afra. On ne passe pas vraiment inaperçus, figure-toi. Et c'est difficile de se fondre dans la foule avec un bébé chimpanzé dans les bras.

Mwape ne répondit pas. Il passa devant elle pour soulever un coin de la bâche.

– Tu crois que je ne le sais pas ? demanda-t-il, vexé. Je pensais juste que ça aurait été mieux si on avait pu descendre près d'un magasin. Il faut qu'on achète à manger et de l'eau pour préparer les biberons de Lucky.

Voyant qu'il avait raison, Afra se calma et sortit de la camionnette derrière lui, avec Lucky cramponné à son cou.

« Tu as besoin de lui, réfléchit-elle. Tu ne peux pas y arriver toute seule. Alors arrête de le chercher. »

Elle observa les environs. Il y avait une longue route toute droite qui continuait à perte de vue, une ligne claire dans la nuit. Elle était bordée de broussailles et de quelques arbres. Les lumières vives d'une rangée de maisons brillaient un peu à l'écart du passage.

Mwape regarda des deux côtés pour essayer de voir où ils étaient.

– Je reconnais le coin, déclara-t-il enfin. On n'est pas très loin de la ville tout compte fait. A deux ou trois kilomètres, je crois. Tu vas m'attendre cachée par ici pendant que je vais chercher à manger.

– Mais ils doivent être à ta poursuite.

Afra sentit la panique l'envahir à l'idée de se retrouver toute seule, dans le noir, au milieu de nulle part.

– Non, ils ne cherchent pas un garçon tout seul, répliqua Mwape d'une voix où perçait à nouveau l'excitation de l'aventure. De toute façon, j'habite de l'autre côté de la ville. Personne ne me connaît par ici.

Afra avala péniblement sa salive.

– D'accord. Bon, mais où vais-je t'attendre ?

– Pas ici. On est trop près des maisons. On va se rapprocher un peu du centre pour te trouver une bonne cachette.

Ils prirent la route dans la direction de Lubumbashi. Elle fut surprise de voir que Mwape portait toujours son sac sur une épaule et le sien sur l'autre et elle se sentit un peu moins vulnérable.

Ils marchaient en silence. Afra sentait la chaleur de la journée qui s'élevait du goudron où elle s'était accumulée. Elle changea Lucky de position dans ses bras. Il était drôlement lourd pour sa taille, comme si son petit corps était tout entier fait de muscles et d'os très denses. Du coup, Lucky grimpa sur ses épaules et s'assit comme un enfant, les mains agrippées à son front et les jambes pendant de chaque côté de son cou.

Une vague de bonheur la submergea. Le petit singe se sentait de plus en plus en confiance avec elle, il était plus à l'aise. Quelque chose les liait désormais. Elle le sentait tout au fond d'elle.

C'était comme un élastique très solide qui les reliait l'un à l'autre.

Mwape s'arrêta brusquement en lui prenant le bras.

– Une voiture ! Vite !

Il la poussa hors de la route dans l'ombre des arbres.

Les phares approchaient rapidement. Afra aurait voulu reculer davantage mais Mwape l'en empêcha.

– Non, ne bouge pas. Ils risquent de nous repérer plus facilement si on remue.

La voiture était pratiquement à leur niveau maintenant. Afra sentit la lumière des phares fondre sur elle et elle se figea comme si elle avait reçu un seau d'eau glacée. Elle ferma les yeux pour s'aider à rester parfaitement immobile. Une fois le véhicule passé, elle les rouvrit et respira de nouveau. Les feux arrière s'éloignèrent rapidement sur la route.

– C'était le pilote, Peter Mpundi. Tu l'as vu ? s'exclama Mwape en frappant dans ses mains. Il n'a pas réussi à nous attraper cette fois-ci non plus !

Afra se laissa brusquement tomber sur la terre sèche. Ses jambes l'avaient tout simplement lâchée. Elle avait envie de pleurer. Elle voulait à tout prix échapper à Peter Mpundi et à tous ceux qui les poursuivaient mais la vue de ces lueurs rouges qui s'éloignaient inexorablement, l'étrangeté de cet endroit et la pensée de la longue nuit qui les attendait la décourageaient complètement.

– J'ai tellement faim, fit-elle en ravalant ses larmes.

– Reste ici.

Mwape était toujours debout et sa voix flotta jusqu'à elle dans l'obscurité.

– Je vais aller chercher à manger. Je reviens bientôt.

– Comment vas-tu faire pour me retrouver ?

Il éclata de rire, très sûr de lui.

– Je suis magicien. Je vois dans le noir.

Il commença à s'éloigner. Afra dut résister à l'envie de lui prendre la main pour le supplier de ne pas la laisser seule.

– Non mais, sérieusement, Mwape, comment comptes-tu me retrouver ?

– Regarde.

Il désigna un arbre au bord de la route. Sa plus haute branche, nue et sèche, se détachait sur le ciel bleu nuit comme un bras tendu vers les étoiles.

– Ça me servira de repère. Je saurai que tu es près de cet arbre.

Et il partit. Afra entendit le bruissement des herbes sur son passage, puis quelques pas qui s'éloignaient sur la route et plus rien.

Elle avait envie de crier : « Je t'en prie, Mwape. Ne m'abandonne pas. Promets-moi que tu vas revenir », mais elle réussit à se retenir.

Elle resta assise à écouter les bruits de la nuit qui l'enveloppait de son manteau d'obscurité. Elle entendait la stridulation des criquets et, tout près, le chant d'un engoulevent.

« On est tout seuls, Lucky et moi, se lamenta-t-elle. Et tous les gens du coin sont à nos trousses. Prof ne sait même pas où je suis. Marine non plus et ils vont sûrement être furieux après moi. De toute façon, j'ai dû enfreindre cent cinquante lois aujourd'hui. Je vais finir en prison et ils enfermeront Lucky dans un zoo. Personne ne saura où je suis et personne ne viendra me rendre visite ni rien. »

Lucky était descendu de ses épaules pour venir s'asseoir sur ses genoux. Il s'était agrippé à son T-shirt d'une petite main inquiète, mais il se détendit peu à peu et elle sentit qu'il s'endormait.

– Bonne nuit, mon bébé, chuchota-t-elle. Ne t'inquiète pas. Ça vaut le coup. Je le referais s'il le fallait. Je vais t'emmener dans un endroit où tu seras heureux.

Elle essaya de s'imaginer le trajet mais elle avait la tête vide.

« Je n'ai aucune idée d'où je suis, dans quel genre de paysage, s'il y a des gens pas loin, ou dans quelle direction se trouve la Zambie, réalisa-t-elle avec un sentiment d'impuissance. Je dois faire confiance à Mwape alors que je viens juste de le rencontrer. Je ne le comprends pas. Il est vraiment imprévisible. Un coup, il se prend pour James Bond, puis brusquement ce n'est plus qu'un petit garçon qui veut faire plaisir à son papa et ensuite, ça va, il est super, raisonnable et tout. J'aimerais tellement être avec Joseph. Ou avec Tom. Je les connais. Je sais que je peux compter sur eux. »

Ses jambes commençaient à s'engourdir et elle avait une racine qui lui rentrait dans la cuisse. Elle changea de position avec précaution pour ne pas réveiller Lucky, mais il grogna à peine, et avec un profond soupir, il se blottit à nouveau contre sa poitrine.

Les minutes s'égrenaient lentement. Ses yeux s'étaient habitués à l'obscurité. Un quartier de lune éclairait les environs d'une lueur spectrale, permettant à peine de voir au-delà des troncs les plus proches. Elle n'avait aucun moyen de savoir si elle se trouvait à la lisière d'une grande forêt ou juste dans un petit bouquet d'arbres au milieu des champs.

Et soudain, elle entendit un nouveau bruit, un bruissement de pattes dans les feuilles sèches. Un animal approchait. Inconsciemment, Afra serra Lucky un peu plus fort dans ses bras. Son cœur battait à tout rompre. Mwape lui avait assuré qu'il n'y avait ni hyène ni léopard dans le coin, mais qu'en savait-il ?

Prise de panique, elle allait prendre les jambes à son cou quand elle entendit un aboiement étonné.

« Ce n'est qu'un chien », réalisa-t-elle, tellement soulagée qu'elle dut se retenir d'éclater de rire.

L'animal avait dû la sentir. Il grognait en approchant, tournant autour d'elle avec précaution, troublé par l'odeur du chimpanzé.

« Il ne faut pas qu'il se mette à aboyer. S'il y a un chien, ça veut dire qu'il doit y avoir des gens pas loin, pensa-t-elle. Et il risque de les faire venir par ici. »

Elle resta immobile en s'efforçant de garder son calme.

– Bon chien, dit-elle tout doucement, pour essayer de le rassurer. Tu vois, ce n'est que Lucky, un petit singe. Pas la peine d'en faire toute une histoire. Bon chien.

Le chien leva la tête pour lancer un aboiement sans conviction. Il resta face à elle, hésitant pendant un moment. Elle voyait ses yeux étinceler dans l'obscurité. Puis il se mit à gratter le sol, comme s'il voulait l'impressionner, poussa un petit jappement plaintif et se coucha quelques mètres plus loin.

– Non, fit Afra fermement. Tu ne peux pas rester là. Tu vas aboyer quand Mwape arrivera. Va-t'en. Rentre chez toi.

Le chien sentit la fermeté de sa voix. Il se releva et se remit à japper.

– Rentre chez toi, ordonna Afra aussi fort que possible.

A son grand soulagement, le chien fit volte-face et s'éloigna en trottinant.

Au bout d'une éternité, un bruit de pas résonna sur la route. Elle avait plongé dans une sorte de transe, rêvant à demi éveillée, mais elle retrouva immédiatement toute sa vigilance. Les pas ralentirent et elle entendit comme un toussotement. Elle ne bougea pas d'un pouce. Pourquoi n'avaient-ils pas pensé à convenir d'un signal, avec Mwape ? Si ça se trouve, les autres l'avaient attrapé et l'avaient forcé à leur dire où elle se cachait. C'était peut-être un policier qui était là, à quelques mètres, dans le noir, ou Peter Mpundi, ou juste un homme qui rentrait du travail.

– Afra, c'est moi, Mwape. Tu es là ?

Une vague de soulagement l'envahit. Elle ne pouvait pas se tromper : cette voix, c'était bien celle de Mwape. Il était revenu. Ouf, il ne l'avait pas abandonnée, finalement. La joie et la reconnaissance lui coupaient le souffle.

– Hé, je suis là !

Elle se leva avec précaution pour ne pas déranger Lucky.

– Tu as trouvé ce qu'il fallait ? A manger, je veux dire ? Tu n'as pas eu de problème ?

Il la rejoignit en se faufilant entre les arbres.

– Oui, j'ai de l'eau et de quoi manger. Mais maintenant il faut vite qu'on parte !

Il avait l'air inquiet et n'essayait plus du tout de faire le fier.

– Pourquoi ? Que s'est-il passé ?

– Ils mettent en place des barrages sur les routes. Ils arrêtent toutes les voitures pour leur demander s'ils ont vu deux enfants fugueurs. En revenant, j'ai failli me retrouver nez à nez avec une patrouille de police, j'ai dû quitter la route. Et puis, ici, nous sommes trop près des habitations. Je viens de passer devant. Allez, viens, Afra. On ne peut pas rester là. Il faut qu'on fasse le plus de chemin possible. Dès ce soir.

Chapitre 11

EN ROUTE POUR LE SUD

Afra se mit à courir. Elle ne savait pas où elle allait et elle ne voyait pas à plus de deux mètres devant elle, mais Mwape lui avait fait peur et elle voulait à tout prix s'éloigner de la route. Lucky se réveilla aussitôt et se mit à pousser de petits cris effrayés, serrant ses longs bras poilus autour de son cou, agrippé comme un cavalier à son cheval.

Elle n'avait pas parcouru cent mètres que Mwape la rattrapa.

– Qu'est-ce que tu fabriques ? Tu es folle ? Tu veux qu'on se perde ou quoi ?

Elle s'arrêta, désorientée.

– Dé-désolée. Je n'ai pas réfléchi. Tout ce que je voulais, c'était m'enfuir.

– Eh bien, tu ferais mieux de réfléchir. On ne peut pas quitter la route comme ça. Il faut qu'on trouve une piste qui parte de la route et nous emmène vers le sud. Sinon, comment fera-t-on pour trouver notre chemin ? Et puis, il y a des tas de petites fermes partout par ici. On ne peut pas traverser la campagne comme ça.

Sa voix était déformée par la peur.

– Désolée, répéta Afra, vexée.

Bien sûr, Mwape avait raison. Il connaissait Lubumbashi. Il y vivait. Elle n'avait pas d'autre choix que de le suivre.

Il retournait déjà vers la route.

« Si j'avais été ne serait-ce qu'un peu plus loin, on se serait vraiment perdus, réalisa-t-elle avec effroi. Quelle idiote ! »

Les brindilles et les gousses sèches tombées des acacias craquant sous leurs pieds résonnaient à ses oreilles. Et si le chien les entendait et revenait par là ? Il se mettrait à aboyer et ça risquerait d'attirer des gens.

Mwape avait laissé tomber le sac d'Afra et les provisions là où elle était assise tout à l'heure. Par chance, les sacs en plastique blancs se remarquaient assez bien à la lueur de la lune, sinon ils ne les auraient pas retrouvés.

Afra en ramassa un et Mwape prit l'autre dans sa main libre. Puis ils reprirent prudemment leur chemin le long de la route, prêts à plonger dans les fourrés si une autre voiture passait. Comme au bout de cinq, dix, vingt minutes, ils n'en avaient toujours pas croisé, Afra commença à se détendre un peu.

– On ne rencontrera plus personne, assura Mwape

comme s'il lisait dans ses pensées. Il est tard maintenant et les gens n'aiment pas se retrouver dehors la nuit.

– Sauf les fous dans notre genre, répliqua Afra qui essayait de se faire pardonner.

Mwape se mit à rire.

– C'est toi qui es folle. Moi, je suis un génie.

Afra n'avait surveillé que le passage des voitures et elle n'avait pas vu l'homme qui arrivait dans leur direction. Quand ils le remarquèrent, il était trop tard pour se cacher. Il marchait vite, les yeux baissés. Mwape donna un léger coup de coude à son amie qui comprit ce qu'il voulait. Elle s'arrêta sur le côté tandis qu'il allait à la rencontre de l'homme d'un pas assuré.

– Bonsoir, cousin, lança-t-il d'une voix amicale en arrivant tout près de lui.

L'autre sursauta, surpris, et recula un peu.

– Oui, bonsoir, répondit-il nerveusement.

Et sans plus regarder Mwape, il continua son chemin. Afra avait presque rejoint son ami quand l'homme se retourna pour les prévenir :

– Attention, cousin. Il y a des hommes de la milice un peu plus loin, juste avant la station-service. Ils ont bu trop de bière.

Mwape hocha la tête.

– Merci, mais nous sommes presque arrivés chez ma sœur. Elle habite à côté de la piste qui va vers le sud et mène à la frontière. Tu sais d'où elle part ? J'ai peur de la rater dans le noir et ma femme est déjà fatiguée. Je ne voudrais pas faire un détour.

Afra l'écoutait, béate d'admiration, en se retenant de rire. Mwape avait une voix d'adulte et il avait l'air tout à fait crédible et sûr de lui.

– Ce n'est plus très loin, répondit l'autre. Vous verrez un grand arbre, très vieux, au bord de la route et, juste à côté, une clôture barbelée avec un petit portail. La piste part de là. Mais surtout, soyez prudents. En plus de la milice, il y a parfois des voleurs qui guettent les passants sur cette route la nuit.

Afra vit un mouvement dans la pénombre quand il leur adressa un signe de la main, puis il disparut.

– Tu as été génial, Mwape, le félicita-t-elle alors qu'ils poursuivaient leur chemin. C'était vraiment une bonne idée de lui demander où commençait la piste comme ça, en lui faisant croire qu'on était des adultes. Ils cherchent des enfants, pas un couple, jamais il n'aurait pu nous soupçonner ! Et il n'a pas remarqué Lucky en plus.

Elle sentit que Mwape se rengorgeait.

– Si, il l'a vu, mais il l'a pris pour un enfant. Il ressemble vraiment à un bébé dans le noir.

– Oh, waouh !...

Afra éclata vraiment de rire, cette fois-ci.

– ... J'ai récupéré un mari et un enfant en moins de cinq minutes. Ce doit être le record du monde !

Bizarrement, elle avait retrouvé toute sa bonne humeur. Ils venaient de surmonter un obstacle de taille. Mwape avait réussi à savoir par où ils devaient aller. Et ils avaient de quoi manger.

Elle se rappela justement qu'elle avait affreusement faim.

– Qu'est-ce que tu as acheté ? demanda-t-elle. Ce sac est tellement lourd qu'il me coupe les doigts.

– Il n'y avait pas grand-chose dans la boutique. J'ai pris ce que j'ai trouvé. Trois bouteilles d'eau, du pain, des biscuits et une boîte de sardines. Et aussi des bananes. Je voulais acheter des œufs, mais ils n'en avaient pas. On va devoir se contenter de ça.

– Heureusement que tu n'en as pas pris, comment les aurait-on fait cuire ?

– On aurait pu allumer un feu, affirma-t-il en retrouvant soudain tout son entrain et ses idées farfelues. Comme dans l'ancien temps, sans allumette.

– Ah bon, tu sais faire cuire des œufs sans poêle ni casserole ?

En réalisant qu'elle était un peu trop sarcastique, elle se mordit la lèvre, mais Mwape ne l'écoutait pas.

– Regarde ce grand arbre. Ce doit être là.

Il se mit à courir, impatient de vérifier, puis il lui lança à voix basse :

– Oui, c'est bien là. Voilà la clôture.

Afra regardait derrière lui, les yeux élargis par la peur. Un gros camion venait d'apparaître à la sortie et il fonçait vers eux à toute vitesse. Elle fila rejoindre Mwape qui avait déjà quitté la route pour emprunter la piste et ils se cachèrent tous les deux derrière la barrière l'instant que le camion passe. Par-dessus le grondement du moteur, ils entendirent des voix caverneuses qui chantaient à tue-tête.

– C'est la milice, glissa Mwape à l'oreille d'Afra. Ils sont complètement soûls. Regarde, ils ne s'arrêtent pas. Ils ne nous ont pas vus, Dieu merci ! Ils sont très violents. Si jamais ils nous attrapaient…

Il frissonna.

Le rugissement du camion s'éloigna. Afra posa le sac de provisions par terre et changea Lucky de position car il pesait comme un poids mort sur ses épaules.

– Mwape, je n'en peux plus. Je suis épuisée. Il faut que je m'arrête pour manger quelque chose et me reposer un peu. Lucky est tellement lourd… et puis, je n'ai presque rien mangé de la journée…

Elle s'interrompit de peur de fondre en larmes.

Mwape examina les environs.

– Je connais le coin ! s'exclama-t-il. Je suis déjà venu avec mon père pour rendre visite à un vieil homme qui était malade. Tu vas voir, un peu plus loin sur la piste, c'est très joli. Allez, on continue encore un tout petit peu.

Et il reprit son chemin.

Afra rassembla ses forces pour ramasser le sac plastique et installa Lucky sur sa hanche avec ses bras et ses jambes enroulés autour de sa taille.

– Allez, ce n'est plus très loin, insista Mwape. Il faut descendre un peu et, en bas, il y a un ruisseau bordé d'arbres. On pourra dormir là-bas cette nuit. Il ne fait pas trop froid. Juste un peu frais mais tu as des affaires dans ton sac et moi, j'ai mon blouson. En plus, tu pourras préparer un biberon à Lucky avec l'eau de la rivière.

Afra sentit un peu d'énergie lui revenir au fur et à mesure que Mwape lui dévoilait son plan.

– Non, il vaut mieux qu'il boive de l'eau en bouteille, expliqua-t-elle d'une voix ferme. C'est encore un bébé. Il risquerait de tomber malade.

– Mais c'est un animal, répliqua Mwape, agacé. Tu sais ce que les chimpanzés boivent dans la forêt ? L'eau des rivières et des mares. Les flaques d'eau de pluie. Il faut garder l'eau minérale pour nous. Tu as envie d'attraper la dysenterie ? Pas moi !

Elle savait qu'il avait raison, mais ça lui coûtait de l'admettre. Elle préféra changer de sujet.

– On est encore loin de Sokomuntu ? Tu crois qu'on y arrivera demain ?

– Demain ?!…

Elle sentit qu'il la dévisageait.

– … Mais c'est au moins à quarante kilomètres !

– Quarante ! répéta-t-elle, effondrée. Tu es sûr que c'est si loin ?

– Oui, on est partis pour une véritable expédition. Une mission secrète. Il faut qu'on voyage de nuit, qu'on dorme le jour, qu'on vive de ce qu'on trouve en chemin…

Il se prenait de nouveau pour James Bond.

– Qu'est-ce que tu racontes ? répliqua-t-elle sèchement.

– Oui, on va ramasser des fruits, essayer de prendre de petits animaux au collet ou de pêcher. Comme dans les commandos.

– Mwape, on n'a pas le temps de pêcher ou de chasser et...

Comme sa voix était montée dans les aigus, elle se tut brusquement. Il pouvait y avoir des maisons derrière la clôture et leurs habitants risquaient d'être intrigués d'entendre parler anglais dehors, à cette heure de la nuit.

– Oui, tu as raison, reconnut Mwape.

Heureusement, quand elle le remettait à sa place, il le prenait bien et revenait sur Terre assez vite.

– On n'aura pas le temps de chasser, mais on va bien s'en tirer. Regarde comme on s'est bien débrouillés jusque-là.

La piste commençait à descendre et, à la lueur de la lune, Afra aperçut le reflet de l'eau. Elle avait absolument besoin de se reposer et rien, ni des hyènes enragées, ni des soldats soûls, ni les policiers à leurs trousses, ne pourraient la forcer à faire un pas de plus ce soir-là. Elle dévala la pente en se laissant à moitié glisser et suivit Mwape de l'autre côté du ruisseau en sautant sur les rochers noirs qui émergeaient de l'eau argentée.

– C'est par ici, je crois, fit-il en tendant le bras dans l'obscurité.

– Oui, là-bas, il y a un gros bouquet d'arbres.

Afra se traîna jusque-là et s'effondra sur la terre sèche au pied du premier tronc qu'elle rencontra. Mwape se laissa tomber à côté d'elle.

– Eh, on est bien là, non ? demanda-t-il, tout content de lui. Il y a de l'eau, de beaux arbres pour s'abriter, on pourrait passer notre vie ici.

Soudain, Afra pensa à l'endroit où elle aurait dû passer la soirée normalement : un joli pavillon au milieu de la réserve naturelle, avec un bon dîner servi sur une vraie table, face à Marine, toujours aussi coquette et drôle.

« Désolée, Marine, dit-elle dans sa tête. Je t'en prie, ne t'inquiète pas trop. Ça va aller. Franchement, il ne va rien m'arriver. Il faut que je le fasse, c'est tout. »

Elle écarta cette pensée et se mit à fouiller dans l'un des sacs à provisions. Elle en tira un petit pain et planta ses dents dedans. Il était tout rassis, mais elle le trouva absolument délicieux. Elle avala sa bouchée et déchira un autre morceau. Puis elle ouvrit la boîte de sardines. Elle n'avait jamais tellement aimé le goût fort de ces petits poissons huileux mais, ce soir-là, ils lui parurent merveilleusement bons.

Lucky était toujours serré contre elle et, malgré ses efforts pour le déloger délicatement, il se cramponnait encore plus fort à sa taille. Cependant, alors qu'elle mangeait, elle sentit qu'il s'asseyait sur ses genoux et se reculait pour essayer de la voir dans l'obscurité.

Puis ses mains minuscules agrippèrent les siennes pour lui prendre son petit pain.

– Non, Lucky ! C'est à moi. C'est mon dîner. Et puis, je ne suis pas sûre que le pain soit bon pour les chimpanzés.

– Donne-moi son biberon, je vais aller le remplir au ruisseau, proposa alors Mwape. Comme ça, tu pourras lui préparer du lait.

Afra fouilla dans son sac et lui tendit le biberon à contrecœur.

– Si ça se trouve, les égouts se déversent dedans. Tu sais, il risque d'attraper la typhoïde ou je ne sais quoi. Les singes peuvent attraper le choléra et d'autres maladies comme nous.

– Il n'y a pas de problème, assura Mwape en se relevant. J'ai vu des femmes des fermes voisines qui venaient prendre de l'eau pour boire au bord de la rivière.

– Ah bon ?

Afra était un peu rassurée mais, aussitôt, une autre pensée lui traversa l'esprit.

– Mais… ça veut dire qu'elles vont venir tôt demain matin. On ferait mieux de ne pas dormir ici, elles risquent de nous voir.

Mwape ne répondit pas. Il disparut un moment et revint avec le biberon plein qu'il tendit à Afra. Dans le noir, elle eut du mal à trouver la boîte de lait dans son sac, à mesurer la bonne dose et à la verser dans le biberon, sans en faire tomber à côté. En plus, Lucky, qui s'était complètement désintéressé du morceau de pain sitôt qu'il avait senti le lait, ne l'aidait pas vraiment. Il se mit à sautiller sur place sur ses pattes arrière en poussant de petits grognements.

– C'est bon, c'est bon, ça arrive, grommela Afra en essayant de replacer la tétine sur le biberon.

Quand elle y parvint enfin, elle la glissa vite dans la bouche du petit singe qui se mit à téter goulûment.

– Et dire que, cet après-midi, il ne voulait même pas ouvrir la bouche ! s'exclama Afra entre deux bâillements.

Mwape ne put pas répondre parce qu'il avait aussi la bouche pleine. Il essuya les miettes de son menton, but une gorgée d'eau et tendit la bouteille à Afra.

Elle avala plusieurs longues goulées.

– On ferait mieux de ne pas tout boire d'un coup, remarqua-t-elle d'une voix endormie. On a encore du chemin à faire !

Elle reposa la bouteille avec précaution et s'allongea. Le sol était dur et vraiment pas confortable, mais elle s'y étendit avec plaisir. En fermant les yeux, elle pouvait presque imaginer qu'elle était dans un lit et que la petite boule chaude blottie contre elle était Wusha, le chien de son père.

Quelques instants plus tard, elle dormait profondément.

Chapitre 12

DANS LA FORÊT

Les étoiles scintillaient encore dans le ciel lorsque Afra se réveilla. Elle était frigorifiée et pleine de courbatures d'avoir dormi sur un sol si dur. Une pierre lui rentrait dans les côtes et une autre dans l'épaule. L'espace d'un instant, elle se demanda où elle était. En essayant de trouver une position plus confortable, elle dérangea Lucky qui poussa un petit couinement et se blottit de nouveau contre elle.

Le souvenir des événements extraordinaires de la veille lui revint alors et elle se redressa d'un coup, consternée. En voyant Mwape allongé un peu plus loin, recroquevillé sous son blouson, elle serra le sien contre sa poitrine, tremblante de froid. Elle se rappelait tout en détail maintenant, la tempête, l'atterrissage d'urgence, la découverte de Lucky, le vol jusqu'à Lubumbashi, la fuite de l'aéroport.

Elle remarqua que l'horizon commençait à blanchir.

« L'aube ne va pas tarder. Bientôt, nous ne serons plus en sécurité ici, songea-t-elle. Les femmes vont descendre au ruisseau pour puiser de l'eau ou pour laver leur linge. »

Elle se leva et s'étira, puis ramassa le biberon de Lucky et s'approcha de la rive pour le remplir. Lucky se mit à haleter et à souffler, inquiet, puis se précipita derrière elle. Il s'accrocha à ses talons, manquant presque la faire tomber.

– Hé, toi, petit coquin, dit-elle en se retournant, ne t'imagine pas que je vais déjà commencer à te porter. Je vais t'avoir sur le dos toute la journée, alors ça ne te fera pas de mal de faire un petit peu d'exercice avant qu'on parte.

Quant elle revint avec le biberon rempli, Mwape était assis sous les arbres, en train de bâiller.

Sans parler, encore à moitié endormi, il fouilla dans les sacs de provisions et lui passa une banane et le reste de pain. Ils burent un petit peu d'eau tandis que Lucky tétait avidement son biberon. Le ciel s'éclaircissait de minute en minute. Ils remirent leurs blousons en boule dans leurs sacs et repartirent.

Mwape ouvrait le chemin. Il marchait d'un pas lourd, comme si sa petite besace, le bagage d'Afra et le sac de provisions pesaient une tonne. Il se retourna pour voir si son amie le suivait et, dans la lumière grise de l'aube, elle vit son visage renfrogné. Il avait perdu son air crâneur à la James Bond.

Elle se sentait aussi complètement abattue. Dès qu'elle s'était levée, Lucky, qui semblait avoir encore repris des forces, avait sauté pour glisser ses doigts dans sa ceinture et s'était hissé sur sa hanche.

Elle se mit à rire.

– Eh ben, dis donc, tu…

Mwape répliqua d'un ton sec :

– Chut ! Tais-toi ! Tu veux que quelqu'un nous entende ?

– Oh, désolée, s'excusa-t-elle platement.

Elle le comprenait. Le matin, elle était d'une humeur massacrante aussi.

Ils marchaient depuis une demi-heure et avaient pris un rythme somnolent quand ils entendirent des voix. Alarmée par ce bruit, Afra retrouva aussitôt toute sa vigilance et quitta la piste pour se précipiter dans un champ fraîchement labouré. Elle scruta les environs, paniquée. Il n'y avait nulle part où se cacher. En plus, il y avait une case à même pas cent mètres. Quelqu'un pouvait en sortir à tout instant. Cependant un peu plus loin, elle repéra une gigantesque termitière. Elle devait faire trois mètres avec des tourelles et des créneaux comme un château de sable. Afra plongea derrière, suivie de près par Mwape. Les voix passèrent sur la piste et s'éloignèrent, mais la porte de la case s'entrouvrit. Elle entendit les habitants tousser et bâiller dans l'air frais du matin.

– Qu'est-ce qu'on va faire, Mwape ? murmura-t-elle.

Apparemment, il avait retrouvé son enthousiasme et ses yeux brillants.

– On attend, souffla-t-il.

Afra jeta un coup d'œil derrière la termitière. Une femme et une jeune fille rentrèrent dans la case et elle entendit un bruit de vaisselle.

– Maintenant !

Mwape s'élança vers les quelques arbres qui bordaient le champ. Avec Lucky qui tressautait sur sa hanche, Afra se rua derrière lui. De nouvelles voix leur parvenaient de la piste. Des enfants qui riaient et s'interpellaient. « Ils vont à l'école », se dit Afra avec un pincement de jalousie. Eux, ils vivaient leur vie tranquillement et normalement.

– Écoute, on ne peut pas continuer sur la piste, dit-elle à voix basse à Mwape. Il y a trop de passage.

Il hocha la tête.

– J'ai un nouveau plan. On va suivre la piste en marchant un peu à l'écart. Il y a des fermes tout du long mais, là-bas, après les champs, on dirait qu'il y a une sorte de bois.

Afra n'était pas convaincue.

– On risque de se perdre.

– Non, tu vois, le soleil se lève. Il nous servira de point de repère pour trouver le sud. Suis-moi je te montrerai le chemin. Ne t'inquiète pas.

Son ton condescendant l'énervait au plus haut point, mais elle dut reconnaître qu'il avait raison.

– Bon, d'accord acquiesça-t-elle en retenant une réplique blessante. De toute façon, on n'a pas le choix.

Durant la première partie de la matinée, la chance fut de leur côté. Pour rejoindre les arbres, ils durent contourner de petites fermes en se méfiant des chiens, des hommes en chemin pour les champs et des femmes qui allaient chercher de l'eau. Ils faillirent bien se faire remarquer une ou deux fois, mais la présence d'esprit de Mwape et l'ouïe aiguisée d'Afra les sauvèrent.

L'énergie de Lucky commençait à être difficile à canaliser. On aurait dit que le lait qu'il buvait passait directement dans ses veines pour lui redonner des forces. Sa blessure au pied avait vite guéri et ne semblait plus le gêner. Même s'il s'effrayait encore facilement, tremblant dès qu'il entendait un chien aboyer ou des inconnus passer, il s'agrippait moins nerveusement à Afra et, quand ils s'arrêtaient pour se reposer, il s'éloignait un peu pour explorer les environs. Il retournait les gousses vides pour voir ce qu'il y avait dedans ou renversait de petites termitières et ramassait délicatement les larves blanches qui grouillaient pour les fourrer dans sa bouche.

Les pauses étaient courtes et rares. Mwape ne parlait presque pas et un pli d'inquiétude se creusait au milieu de son front. Afra ne pensait qu'aux kilomètres qu'il leur restait à parcourir, à tous les gens qui étaient à leurs trousses et à leur maigre stock d'eau et de provisions.

Ils marchaient maintenant depuis plusieurs heures. Ils avaient dépassé la dernière ferme depuis un bon moment et traversaient désormais une étendue sans relief peuplée de petits acacias maigrichons et de souches d'arbres plus vieux abattus par les charbonniers. Seuls quelques buissons venaient rompre la monotonie du paysage.

Ils avaient trouvé la trace d'une ancienne piste et la suivaient depuis une demi-heure, perdus dans leurs pensées, lorsque Mwape s'arrêta brusquement pour scruter les environs.

– Qu'est-ce qui se passe ? s'inquiéta Afra.

– Le soleil. Les ombres. Regarde ! Où est le sud ?

Afra baissa les yeux vers le sol et se figea. Les ombres étaient courtes maintenant, à l'approche de midi, mais il y avait quelque chose qui clochait.

Elle garda les yeux rivés à terre, essayant de calculer leur position dans sa tête.

– On va dans la mauvaise direction, déclara-t-elle finalement. Là, on va vers l'ouest, pas vers le sud. Quand as-tu vérifié pour la dernière fois ?

– Pas depuis qu'on a trouvé cette piste, avoua Mwape. Je pensais... je ne sais pas... je croyais que c'était la bonne direction.

– Moi aussi ! soupira-t-elle. En fait, j'avançais machinalement, sans réfléchir.

Elle se laissa tomber par terre. Elle avait trop chaud, elle était épuisée et elle mourait de soif. Ils étaient encore loin de leur but et ils étaient complètement perdus. Elle en aurait pleuré.

« Quelle idée ! Je suis complètement folle. Comment ai-je pu m'embarquer dans cette galère ? Et comment ai-je pu faire confiance à ce clown ? »

Mwape posa les sacs et s'assit sur une souche d'arbre.

– On va se reposer un peu et manger quelque chose. Il nous reste deux bananes et des biscuits.

– Oui, et qu'est-ce qu'on fera quand on n'aura plus rien ? répliqua Afra. On risque de tourner en rond pendant des jours et des jours dans cette forêt. Pendant des semaines, même. Si ça se trouve, on ne retrouvera jamais notre chemin.

Mwape était déjà en train de boire à la bouteille.

– Mais non, c'est impossible, affirma-t-il en s'essuyant la bouche. On va reprendre la direction du sud et on va rejoindre la rivière. C'est par là-bas. On ne peut pas se tromper. Et quand j'arriverai chez ma mère, aïee ! Elle me préparera tout ce que j'aime ! Elle cuisine tellement bien, si tu savais !

« Mais moi, je ne vais pas chez ta mère, se dit Afra, et les gens de Sokomuntu ne me donneront peut-être rien à manger. »

Elle lui jeta un regard noir en lui prenant la bouteille des mains. Elle avait tellement soif qu'elle aurait pu la vider entièrement, mais elle se retint afin d'en laisser assez pour préparer un biberon à Lucky. Mwape tira les deux dernières bananes du sac à provisions et lui en tendit une.

– On ne peut pas marcher toute la journée sans manger. Et puis, ça ne sert à rien de porter les sacs pour rien, autant manger ce qu'on a tant que c'est encore bon.

Il pela sa banane et mordit dedans. Lucky ne le quittait pas des yeux.

Afra éplucha la sienne et en prit une bouchée. Mwape devait avoir raison. Autant manger ce qui leur restait. Elle reprit un morceau de chair jaune et sucrée puis se pencha vers Lucky qui avait posé la main sur sa jambe et la fixait d'un œil suppliant.

– D'accord, d'accord, fit-elle en lui donnant un petit bout.

Il s'en empara et lui tourna le dos, voûtant ses petites épaules noires pour grignoter le morceau de fruit. Puis il décida qu'il aimait ça, fourra le reste dans sa bouche et se retourna pour en quémander encore.

– Non, répondit Afra en enfournant la dernière bouchée. Désolée, Lucky. Il faut aussi que je mange si tu veux que je continue à te porter.

Lorsqu'elle jeta la pelure, Lucky se rua dessus. Il la ramassa et se mit à gratter l'intérieur avec l'ongle. Il renifla ses doigts puis les lécha. Au bout d'un moment, il finit par se désintéresser de la peau de banane et partit explorer les environs.

Afra s'adossa à un arbre. Elle se sentait un peu

mieux après avoir bu et mangé, et elle prit sans hésiter la poignée de biscuits en miettes que Mwape lui tendait.

– Qu'est-ce que tu as trouvé, Lucky ? demanda-t-elle en examinant le fruit rond et brun que le petit chimpanzé lui rapportait.

Elle le prit pour le montrer à Mwape.

– Qu'est-ce que c'est ?

Il frappa dans ses mains, tout content.

– Une pomme de singe ! Ça se mange. Ah, tu vois ! On peut vivre de ce qu'on trouve en chemin, je te l'avais bien dit.

Elle lui lança le petit fruit. Il l'attrapa au vol et tapa dessus avec une pierre pour en casser la coquille. Lucky, qui jusque-là se méfiait de Mwape, s'approcha discrètement pour le regarder faire. La coquille se brisa et Mwape en sortit un morceau de pulpe marron qu'il glissa dans sa bouche.

– Mm, c'est bon !

Lucky se tenait devant lui et bondissait sur place en poussant de petits grognements.

Mwape se mit à rire.

– C'est toi qui l'as trouvée, elle est à toi, d'accord, dit-il en la lui rendant.

Le petit singe courut s'asseoir quelques mètres plus loin et porta la pomme de singe à ses lèvres pour aspirer ce qui se trouvait dans la coquille.

– Il reprend des forces, constata Afra avec un

mélange de joie et d'appréhension. On ne pourrait plus le cacher dans un carton maintenant.

Lucky jeta la coquille vide et revint prudemment vers Mwape. Il s'assit face à lui, le dévisagea un long moment, puis se rapprocha et se mit à défaire ses lacets.

– Hé ! Arrête ça tout de suite, toi !

Il replia ses jambes. Lucky s'avança et voulut recommencer. Il réussit à s'emparer du bout du lacet et tira dessus pour défaire le nœud. Mwape se mit en tailleur pour que ses chaussures soient hors d'atteinte. Alors Lucky leva vers lui ses grands yeux bruns et s'enfuit en courant. Il revint quelques minutes plus tard avec une autre pomme de singe et la tendit à Mwape.

– Il veut qu'on devienne amis, lui et moi, constata Mwape, ravi.

Lucky était parti chercher un troisième fruit lorsqu'il s'arrêta brusquement en poussant un cri perçant. Afra bondit sur ses pieds et se précipita vers lui. Quand elle vit ce qui l'avait effrayé, elle se figea.

Un cobra venait de surgir d'un tas de feuilles mortes. Son corps bleu-gris, de deux mètres de long, ondulait sur le sol, mais sa tête était dressée et son capuchon déployé. Il était prêt à frapper.

Chapitre 13

C'EST ENCORE LOIN, LA ZAMBIE ?

Avant qu'Afra ait eu le temps de réagir, Lucky s'était enfui pour grimper dans l'arbuste le plus proche. Elle recula lentement et le cobra, sans doute encore plus effrayé qu'eux, fit volte-face et disparut comme un éclair sous une souche d'arbre.

Choquée, Afra chercha Lucky des yeux. Encore faible, il n'était pas monté bien haut dans les branches. Il criait « Houou ! » et « Wraa ! » en se balançant d'avant en arrière et en secouant le feuillage de l'arbuste.

Afra réussit à rire.

– C'est bon, Lucky. Pas la peine d'essayer de m'impressionner. Il est parti, tu peux redescendre.

– Qu'est-ce qui s'est passé ? Qu'est-ce qui lui a fait peur ? demanda Mwape.

Afra se retourna, surprise.

– Tu n'as pas vu le serpent ? Un cobra, avec son capuchon déployé.

Mwape se leva d'un bond.

– Où ça ? Je vais le tuer.
– Non ! Pourquoi ? Il ne nous a rien fait. Laisse-le tranquille, protesta Afra mais Lucky l'interrompit en atterrissant brusquement sur son dos, manquant la faire tomber.
– Hé, ho ! haleta-t-elle, le souffle coupé. D'accord, d'accord, on s'en va.
– Mais où veux-tu aller ? répliqua Mwape. Il est midi. Le soleil est au zénith et il n'y a pas d'ombre. Je ne sais pas dans quelle direction se trouve le sud, et toi ?
– Non… enfin, je ne crois pas…
Afra hésita.
– … mais, en tout cas, je ne veux pas rester près du trou de ce serpent.
Elle se dirigea vers un endroit plus dégagé. Derrière elle, elle entendit Mwape grommeler :
– J'ai du mal à croire que vous ayez croisé un serpent.
Mais il la suivit et ils s'arrêtèrent un peu plus loin.
Afra examina attentivement le sol avant d'oser poser ses fesses à nouveau, mais rien ne bougeait à part une colonne de fourmis qui progressaient bien en rythme le long d'un petit sillon que leurs pattes minuscules avaient creusé dans la terre sèche.
Elle s'assit alors, adossée à un arbre. Depuis qu'ils avaient vu le cobra, Lucky était surexcité. Il ne voulut pas s'installer à côté d'elle et préféra grimper dans la fourche d'un arbre assez haut, l'un des rares que les charbonniers avaient épargnés.

– Tu n'as pas peur, Mwape ? demanda-t-elle soudain.
– Peur ? Des serpents ?

Il la regarda d'un air méprisant.

– Mais non, pas des serpents. De ce qui risque d'arriver si on se fait prendre.

– Pas du tout, s'ils nous attrapent, mon père leur dira de nous relâcher, affirma-t-il, mais son assurance forcée n'était pas vraiment convaincante.

– Alors tu n'as pas peur de la réaction de ton père ? Il ne va pas être complètement furieux après toi ? Le mien, oui. Ça, c'est sûr.

Il fronça les sourcils et ramassa une brindille qu'il se mit à tripoter nerveusement.

– Si ça se trouve, il ne se rendra même pas compte de mon absence, marmonna-t-il. Et de toute façon, il n'en aura peut-être rien à faire.

– Vous ne parlez pas beaucoup ensemble, hein ?

– Tu penses ! répliqua Mwape d'une voix amère. Quand cette bonne femme est là, il ne m'adresse pas la parole. Je crois qu'il m'oublie complètement.

– Mon père était un peu comme ça avant, reprit Afra. Il avait tendance à oublier mon existence. Mais je me suis aperçue que, en fait, il tenait quand même à moi. Vraiment. C'est juste qu'il ne le montrait pas.

– Comment tu l'as su ?

– J'ai vu sa réaction quand j'avais des ennuis. Une fois, je me suis enfuie, la nuit. Et une autre, je me suis fait mordre par un chien qui avait la rage. Après, ça a été mieux entre nous. Mais maintenant, je le force un peu. Tu sais, s'il fait comme s'il ne me voyait pas, je vais au-devant de lui et je lui dis : « Salut ! Il y a quelqu'un ? C'est moi, ta fille chérie ! Reviens sur Terre. » Ça le fait rire et, en principe, ça marche.

Mwape sourit malgré lui.

– Toi, quand tu veux quelque chose… Tu arrives toujours à tes fins, remarqua-t-il, admiratif. Tu as même réussi à m'entraîner dans cette galère.

Afra se releva d'un coup.

– Quoi ? C'est moi qui t'ai entraîné dans cette galère, maintenant ? Et qui a eu l'idée d'aller jusqu'en Zambie, hein ?

Mwape leva les bras.

– OK, OK, c'est moi, mais tu aurais imaginé un truc encore plus fou si je ne t'avais pas proposé ça, j'en suis sûr.

Afra lui lança un regard perçant.

– Et moi, je crois que je te sers juste de prétexte, Mwape. Allez, avoue-le. Tu préfères penser que tu fais ça pour moi et pour sauver ce pauvre petit Lucky, mais tu voulais juste mettre ton père dans tous ses états pour vérifier qu'il tient à toi.

Mwape cassa la brindille en petits morceaux et les lança par-dessus son épaule.

– Et alors ? Et même si tu avais raison, qu'est-ce que ça changerait ?

– Rien du tout. J'aurais probablement fait pareil si

j'étais à ta place. J'espère que ça va marcher. Je parie que oui. Si un jour je le vois, je lui dirai que tu es génial. Sans toi, je ne serais jamais arrivée jusque-là. Je serais encore en train de me cacher dans l'aéroport avec mon petit singe affamé.

Mwape éclata de rire. Il avait l'air plus jeune quand il se laissait aller comme ça, quand il était naturel.

– Pourquoi tiens-tu tellement à emmener Lucky à Sokomuntu ? lui demanda-t-il soudain. On dirait presque que c'est ton propre enfant, alors que ce n'est qu'un chimpanzé.

– Je sais.

Elle réfléchit avec attention à sa question.

– Je crois que j'ai toujours aimé les animaux. Quand j'étais petite, lorsque je m'occupais d'un animal, c'était comme si j'avais un petit frère ou une petite sœur. Peut-être que je me sentais un peu seule. Et plus tu connais les animaux, plus tu…

Elle s'interrompit pour choisir ses mots.

– Tu vois, quand les animaux t'aiment et te font confiance, ce sont de très très bons amis. Et tu es obligé de leur rendre leur amour, tu ne peux pas trahir leur confiance. Ils te voient tel que tu es et ils t'aident à te connaître vraiment. Tu établis une relation vraiment spéciale avec eux.

Elle se redressa, plongée dans ses pensées, essayant de définir exactement ce qu'elle ressentait.

– C'est tellement passionnant. Tous les animaux sont

différents, comme les humains. Ils ont chacun leur personnalité, même les plus petites créatures, même les oiseaux. Et ils ne font jamais rien sans raison. C'est une sorte de défi d'essayer de pénétrer dans leur tête pour comprendre ce qu'ils pensent et ce qu'ils veulent. Alors vraiment, je trouve qu'ils ont le droit de vivre ! s'exclama-t-elle d'une voix vibrante d'indignation. Et qui a dit que les hommes avaient le droit de tuer les animaux sauvages et de les éliminer de la surface de la planète ? De les manger ? De les vendre et de les acheter comme de vulgaires produits ? De les enfermer dans des cages ? De détruire leurs forêts ?

Elle s'interrompit, rouge de colère.

– Tu veux devenir vétérinaire, alors ? demanda Mwape mais, avant qu'elle puisse répondre, il leva la main pour l'arrêter. Chut ! Il y a quelqu'un qui vient !

Afra se releva d'un bond. En effet, elle entendait des voix approcher et des pas remuer les feuilles sèches. Elle courut au pied de l'arbre de Lucky.

– Vite ! Lucky ! Viens !

Le petit chimpanzé dut sentir l'urgence dans sa voix et lui sauta dans les bras. Il s'accrocha fermement à son cou et enfouit sa tête sous son menton comme un enfant qui a peur.

– Où peut-on se cacher ? chuchota-t-elle à Mwape.

– Là-bas, regarde, derrière ces buissons.

C'était impossible de courir sans faire de bruit. Le sol de la forêt était jonché de bois mort et de gousses sèches qui craquaient sous les pas mais, dans son dos, elle entendait Mwape qui s'agitait et sifflotait entre ses dents pour couvrir le bruit de sa fuite.

– Bonjour, cousines ! lança-t-il d'une voix enjouée.

En glissant un œil à travers les feuillages des buissons, elle aperçut deux jeunes filles avec des foulards de couleur vive enroulés autour de la tête, qui portaient des fagots de brindilles sur leur dos. En voyant Mwape, elles s'arrêtèrent.

– Qu'est-ce que tu fais là ? Tu es perdu ?

– Oui, oui, c'est ça. Je suis perdu, confirma-t-il. Je veux aller vers le sud pour traverser la rivière et passer en Zambie.

– J'aimerais bien venir avec toi, fit l'une des filles en riant. Là-bas, c'est bien mieux qu'ici. Il n'y a pas de milice. C'est la paix en Zambie.

– Tu t'es trop éloigné de la piste, affirma l'autre. Si tu retournes par là, tu retomberas dessus. Et elle te mènera droit au poste-frontière.

– Au poste-frontière ? Il y a des policiers là-bas ?

– Oui, évidemment, pour vérifier les papiers.

– C'est que… je vais vous avouer quelque chose, cousines.

Il baissa la voix et Afra vit, à la façon dont elles se penchaient vers lui, qu'elles étaient sous son charme.

– La vérité, c'est que j'ai perdu mes papiers. Et il vaut mieux que j'évite le poste-frontière. Si je continue par là dans la forêt, est-ce que j'arriverai en Zambie ?

Les deux filles hochèrent la tête.

– Oui, oui, mais attention à ne pas te perdre. Il y a quelques fermes dans le coin, mais pas beaucoup. On peut s'égarer facilement. Même nous qui venons ramasser du bois tous les jours, il nous arrive de ne plus retrouver notre chemin.

– Et est-ce que vous croisez souvent des serpents comme le gros cobra que je viens de voir ? demanda Mwape d'un ton badin.

Elles se mirent à hurler.

– Un cobra ! Où ça ?

– Pas loin d'ici, répondit-il tranquillement.

Les filles s'enfuirent en courant, avec leurs lourds fagots qui sautaient sur leur dos.

– Au revoir, cousin, lancèrent-elles par-dessus leur épaule. Pour la Zambie, c'est par là !

Afra sortit de sa cachette dès que le bruit de leurs pas se fut éloigné.

– Mwape, tu devrais faire du cinéma ! Tu es super bon comédien !

Ils rirent tous les deux, reprirent leurs sacs et continuèrent leur chemin dans la direction indiquée par les deux jeunes filles.

Ils eurent peu d'occasions de rire durant le restant de la journée. Ils marchèrent et marchèrent, malgré la chaleur et la soif, essayant de suivre la direction du sud en fonction des ombres. Ils corrigeaient leur route en consultant leur montre tandis que le soleil descendait lentement vers l'ouest.

A la tombée du jour, il ne leur restait presque plus d'eau dans la dernière bouteille. Afra avait les lèvres toutes sèches et craquelées.

– Il y a encore combien de kilomètres à ton avis ? finit-elle par demander alors qu'ils n'avaient pas ouvert la bouche depuis presque une heure. Descends, Lucky. Il faut que je me repose un peu. J'ai le dos en miettes.

– On doit en être à peu près à la moitié du chemin, répondit Mwape d'un ton hésitant. Mais pas plus en tout cas.

– Seulement ! Mais on n'a plus d'eau. Et il fait presque nuit !

Afra essayait à grand-peine de contrôler le tremblement de sa voix.

– Ouais, on va devoir dormir dans la forêt cette nuit, constata Mwape, abattu. Et on continuera notre route demain. J'aimerais m'allonger et dormir tout de suite.

– Mais ce n'est pas possible, rétorqua Afra, paniquée. J'ai vu un cobra et il y a peut-être des léopards.

Elle secoua la tête pour tenter de s'éclaircir les idées.

– D'accord, peut-être que c'est risqué mais il vaut mieux que l'on se rapproche des habitations. Au moins, on aura une chance de trouver de l'eau. On a croisé un sentier il n'y a pas longtemps, tu l'as vu ?

Mwape hocha la tête, pas vraiment convaincu.

– On va retourner sur nos pas pour voir s'il peut nous mener jusqu'à un village. Je me cacherai avec Lucky pendant que tu chercheras de l'eau. Personne ne soupçonnera un garçon qui se promène tout seul. Ces filles n'ont pas tiqué en tout cas.

Mwape ne se donna même pas la peine de répondre. Il se contenta de faire demi-tour et de repartir par où ils étaient venus pour retrouver le sentier.

C'était vraiment pénible de retourner sur ses pas, en craignant, en plus, de croiser du monde, mais Afra savait qu'ils n'avaient pas le choix. Sans eau, ils ne pouvaient pas continuer. Ils risquaient même de ne pas survivre à une nuit seuls dans la forêt.

Le chemin était finalement plus près qu'elle ne l'aurait cru. Ils s'y étaient engagés depuis moins d'un kilomètre quand, à travers les arbres, ils aperçurent une colonne de fumée qui s'élevait à côté d'une case. C'était un spectacle tellement accueillant, tellement simple et humain, qui portait la promesse d'eau et de nourriture, d'un abri pour la nuit, qu'Afra dut se retenir pour ne pas courir frapper à la porte.

– OK, on y est. Je vais attendre ici, derrière ces arbres, décida-t-elle, pendant que tu pars en éclaireur.

Chapitre 14

LA FRONTIÈRE

Afra avait laissé quelques centimètres d'eau dans la bouteille afin de préparer un nouveau biberon pour Lucky. Elle avait trouvé une bonne cachette à quelques mètres du sentier. Elle s'assit avec son sac à côté d'elle et sortit la boîte de lait en poudre. Elle l'ouvrit et la posa avant de se retourner pour prendre la bouteille d'eau mais Lucky, qui ne la quittait pas des yeux, s'en empara avant elle et s'enfuit avec.

– Non ! protesta Afra en évitant de lever la voix de peur que les habitants de la case ne l'entendent. Lucky, rends-la-moi ! Je vais préparer ton lait.

Le chimpanzé, en bien meilleure forme maintenant que la pathétique petite créature déshydratée de la veille, grimpa dans un arbre et s'assit sur une branche hors d'atteinte, comme s'il voulait faire enrager Afra. C'était une sorte de jeu pour lui.

– Descends tout de suite ! siffla-t-elle, exaspérée. Tu as perdu la tête ou quoi ?

Lucky avait fourré le haut de la bouteille dans sa

bouche. Le bouchon était dessus mais il le tirait et l'aspirait avec ses lèvres pour l'enlever.

Afra commençait à perdre patience. Elle n'avait jamais eu affaire à un animal aussi capricieux, qui agissait avec une malice presque humaine, comme un petit enfant.

Elle avait envie de crier de la même voix furieuse que son père quand elle le poussait à bout : « Lucky, tu m'entends ? Viens ici tout de suite et donne-moi ce biberon ! Sinon gare à toi. »

Mais c'était un animal, pas un enfant. Elle ne pouvait pas le raisonner par la parole. Elle ne pouvait que le menacer ou lui faire peur, ce qui ne la mènerait nulle part.

Elle s'assit au pied de l'arbre, vaincue, et sentit, comme une soudaine averse, les dernières précieuses gouttes d'eau lui tomber dans les cheveux. Lucky avait retourné la bouteille et avait tout renversé.

Afra se prit la tête entre les mains, abattue. Elle venait de passer l'une des pires journées de toute sa vie. Après une nuit à même le sol, elle avait marché pendant des kilomètres presque sans manger ni boire, dans une chaleur étouffante, épuisée et chargée comme un âne.

Elle avait mal aux pieds, des ampoules énormes aux talons et une vilaine griffure de ronce sur le bras. Et elle avait tellement soif qu'elle en avait mal à la gorge.

Toute la journée, elle avait puisé ses forces en pensant à la petite créature qu'elle portait dans ses bras, en se disant que Lucky avait besoin d'elle, qu'il s'en remettait à elle. Et rien que sa présence, sa chaleur contre son corps l'avait réconfortée. Elle s'était presque imaginé que c'était son propre enfant. Elle s'était même dit qu'il comprenait ce qu'elle faisait pour lui, les risques qu'elle prenait, les sacrifices qu'elle consentait et qu'il lui en était reconnaissant. Et maintenant, elle était affreusement déçue.

« C'est complètement idiot, se sermonna-t-elle. Il ne faut pas confondre les animaux et les êtres humains. Je suis une fille. C'est un chimpanzé. Un point c'est tout. »

Elle leva les yeux vers lui. Lucky jouait avec la bouteille vide, il s'en servit pour taper sur une branche, puis la retourna dans ses mains, fasciné par le reflet doré du soleil, maintenant bas dans le ciel, sur le plastique transparent. La vue de la bouteille vide alors qu'elle aurait pu boire l'eau que le petit singe avait gâchée raviva la colère d'Afra. Elle savait que c'était idiot et que ça ne servait à rien, mais elle lui en voulait terriblement.

Elle ne l'entendit pas descendre de l'arbre et ne le vit pas non plus s'approcher furtivement. Elle ne se retourna que lorsqu'un éclat métallique attira son regard. Lucky, ravi du succès de son nouveau jeu, s'était emparé de la boîte de lait en poudre ouverte. Il fourra ses doigts dedans et les renifla avant de les lécher.

Afra réagit au quart de tour, elle tendit la main pour la lui reprendre mais le petit singe était trop rapide pour elle. Il détala en tenant la boîte à l'envers et tout le lait en poudre se renversa par terre dans un nuage blanc crémeux.

Afra en aurait pleuré. Elle n'avait qu'une envie, c'était de reprendre son sac et d'aller frapper à la porte de la case pour se rendre et rentrer à Lubumbashi, même si elle devait affronter Mlle Hamble et tous les gens furieux qui étaient à sa recherche, en abandonnant Lucky à son sort dans la forêt. Sa tante Nette avait bien raison quand elle disait qu'il n'y avait pas plus filou qu'un singe.

– Oui, tu es peut-être malin comme un singe, mais tu es vraiment insupportable ! dit-elle à haute voix en s'adressant à Lucky.

Le chimpanzé se désintéressa de la boîte. Il la laissa tomber et revint en courant pour se jeter dans ses bras en levant sa petite tête malicieuse vers elle. Sa colère retomba tout d'un coup.

– Oh, Lucky, Lucky, répéta-t-elle en le serrant contre elle.

– Afra, tu es là ?

Mwape l'appelait à travers les arbres. Il la rejoignit au pas de course, le sourire aux lèvres.

– J'ai tout arrangé ! Allez, viens ! On y va !

Elle le dévisagea, interdite, surprise qu'il fasse tant de vacarme.

– Tu as trouvé de l'eau ?

– Non, on s'en occupera plus tard. Écoute, j'ai rencontré un homme qui a une Jeep. Il part vers le sud, il va traverser la frontière et nous emmener avec lui !

– Par la route ! Mais on va se faire arrêter et on nous prendra Lucky.

– Non, il va passer par des petites routes. Il ne veut pas non plus avoir affaire à la police. Il a eu des problèmes avec les hommes de la milice. Ils l'ont battu.

Il marqua une courte pause.

– Il n'y a qu'un petit souci.

– Quoi ?

– C'est payant.

– Combien ?

– Trente dollars.

Afra écarquilla les yeux.

– Trente ? Mais il ne m'en reste que vingt. C'était tout mon argent de poche pour les vacances et ma réserve en cas d'urgence !

Il haussa les épaules.

– Il vaut mieux qu'on parte avec lui, franchement. Donne-lui tes billets et quand j'arriverai chez ma mère, elle lui paiera le reste. Sinon, il faut encore qu'on dorme dehors cette nuit et qu'on marche demain toute la journée.

Elle hocha la tête à contrecœur.

– Tu lui as parlé de Lucky ?

– Oui, il n'y a pas de problème. Il faut juste que tu le

tiennes en laisse. Il ne veut pas se retrouver avec un chimpanzé qui saute sur le volant.

Elle allait protester, mais elle se ravisa.

– D'accord.

Une demi-heure plus tôt, elle aurait probablement refusé catégoriquement d'attacher le petit singe mais, depuis qu'elle avait fait l'expérience des tours qu'il pouvait jouer maintenant qu'il avait retrouvé toute son énergie, elle savait que ça valait mieux.

Devant la case, il y avait un petit attroupement autour de la Jeep dont le moteur tournait déjà. Afra s'approcha, mal à l'aise. Elle avait l'impression d'être devenue un animal sauvage qui évitait instinctivement les hommes, mais aussi les routes, les maisons, les voitures et tout ce qui sentait la civilisation. Elle dut se faire violence pour ne pas partir en courant.

Lucky s'était mis à la serrer fort dès qu'il avait entendu de nouvelles voix et, en baissant les yeux vers lui, elle remarqua que ses lèvres était retroussées dans une mimique effarée. Son ressentiment contre lui disparut tout à fait et elle lui parla doucement pour le rassurer.

L'homme qui était au volant de la Jeep était petit et trapu, avec un œil au beurre noir tellement gonflé qu'il pouvait à peine l'ouvrir. Ça lui donnait un air patibulaire.

En les voyant arriver, il se contenta de tendre le menton vers l'arrière du quatre-quatre.

– Montez, fit-il en lançant une corde sur la banquette. Voilà de quoi attacher le singe.

Afra grimpa à la suite de Mwape, en continuant de murmurer des paroles apaisantes à l'oreille de Lucky. Visiblement, la voiture le terrifiait. Il y avait déjà une femme à l'avant, qui avait l'air très anxieuse.

« C'est fou, se dit Afra. On ne les connaît pas du tout, ces gens-là. Ce pourraient être des kidnappeurs, des criminels ou n'importe quoi. »

Son cœur battait à tout rompre quand la Jeep se mit en route. Elle passa doucement la corde autour du cou de Lucky, la noua et garda l'extrémité dans sa main. Lucky parut plus intrigué que gêné. Il renifla la corde, la tripota puis se blottit de nouveau contre elle et, à l'abri derrière son bras protecteur, regarda le conducteur et la femme avec de grands yeux effarés.

La peur d'Afra s'atténua au fil du trajet. Le couple discutait dans une langue qu'elle ne comprenait pas, mais ils étaient calmes et ignoraient complètement leurs passagers. A une ou deux reprises, Mwape intervint dans la conversation en riant ou en lançant un commentaire.

– De quoi parlent-ils ? lui glissa-t-elle. Et dans quelle langue ?

– C'est du bemba, ma langue maternelle, répondit-il fièrement. Ils me racontent ce qui s'est passé avec la milice. Les soldats sont complètement idiots, apparemment. Ils ont hâte de retourner en Zambie.

L'obscurité tombait. Et de nouvelles angoisses assaillirent Afra. Elle n'avait plus peur d'être tuée maintenant, mais elle redoutait la nuit qui s'annonçait, les animaux sauvages, la faim, la soif et l'inconnu. C'était affreux de ne pas savoir où ils allaient dormir.

– Où vont-ils ? Où vont-ils nous déposer ? demanda-t-elle à Mwape.

A sa grande surprise, le chauffeur répondit en anglais :

– Vous allez à Sokomuntu avec le chimpanzé, non ?
– Oui.
– Je vous laisserai tout à côté. Il y a une rivière juste avant le refuge. Il n'y a pas de pont mais vous trouverez facilement un bateau pour traverser.
– Merci. On va y arriver ce soir ? Est-ce qu'on est loin de la frontière ?
– On l'a déjà passée, annonça l'homme. On est en Zambie maintenant.

Mwape s'écria triomphalement :
– Youpi ! Ce soir, je vais voir ma mère !
Afra était atterrée.
– Alors tu ne viens pas à Sokomuntu avec moi ?
Mwape tambourina gaiement sur ses genoux du bout des doigts.
– Non. Tu vas y aller toute seule. Moi, je continue jusqu'à Chingola. Ma mère ne va pas en croire ses yeux quand elle va me voir !

Afra était complètement paniquée. Elle ne s'attendait pas du tout à ça. Elle s'était imaginé que Mwape et elle arriveraient au refuge ensemble et qu'il serait là pour la soutenir et confirmer son histoire qui pouvait paraître abracadabrante.

– Mais je ne parle pas bemba, protesta-t-elle. Et s'ils ne me comprennent pas ?

Mwape se mit à rire.

– Ce sont des Blancs qui s'occupent du refuge, ils parlent anglais.

– Oh.

Afra était encore plus angoissée qu'avant. Ces gens risquaient de voir les choses du point de vue de son père. Ils seraient choqués de sa conduite et la désapprouveraient sûrement. Ils se précipiteraient sur leur téléphone, l'interrogeraient sans répit et ne l'épargneraient pas. Et Prof rappliquerait comme son ange gardien.

Elle resta abattue, immobile, à fixer la nuit en silence.

Enfin, la voiture s'arrêta. Afra aperçut le reflet sombre de l'eau à travers les arbres et des lumières un peu plus loin.

– Voilà Sokomuntu, annonça le conducteur. Une fois que tu as traversé la rivière, tu n'as plus qu'à monter la colline. Et tu es arrivée.

– Traverser la rivière, répéta Afra, hésitante.

– Tu n'auras pas de mal à trouver un bateau, ajouta l'homme d'une voix pressée – il avait visiblement hâte de continuer sa route. Mais attention, il y a des crocodiles dans le coin. Et des gros.

Mwape l'aida à sortir son sac et attendit pendant qu'elle tirait son argent de la pochette accrochée à sa ceinture. Elle sortit ses derniers billets et les tendit au chauffeur.

Mwape remonta alors dans le quatre-quatre.

– Désolé de ne pas pouvoir venir à Sokomuntu avec toi. Mais il vaut mieux que je profite de l'occasion pour aller à Chingola en voiture. J'espère juste que ma mère sera là.

– Mais oui, lui assura Afra. Merci pour tout, Mwape. Tu as été génial.

Il sortit la tête par la fenêtre.

– Salut ! Bonne chance !

Puis il remonta la vitre et la Jeep s'éloigna. Afra resta sur le bord de la piste déserte, avec son sac par terre et le petit chimpanzé cramponné à son cou. Seule et glacée de peur, elle regarda la voiture disparaître dans la nuit.

Chapitre 15

UNE TRAVERSÉE PÉRILLEUSE

La nuit et toutes les horreurs qu'elle pouvait cacher oppressaient Afra. Dans l'obscurité, elle ne voyait rien à part l'eau qui se trouvait à quelques mètres. En revanche, elle avait du mal à interpréter tous les bruits qui lui parvenaient pêle-mêle. Le bruissement des buissons pouvait aussi bien indiquer le passage d'un porc-épic que trahir la présence d'un nid de serpent. Ces clapotis dans l'eau, c'était sûrement un rat qui plongeait ou un poisson qui sautait. Il n'y avait aucune raison de s'imaginer que c'était un crocodile.

Lorsque quelque chose frôla son épaule, son corps, raidi de peur, réagit au quart de tour, sans attendre l'ordre de son cerveau. Elle ramassa son sac et fonça vers la rivière avant d'avoir eu le temps de réaliser que ce n'était qu'une feuille morte.

Elle s'arrêta sur la rive, haletante et tremblante, pour essayer de se calmer.

La lune s'était levée et elle dessinait un sillon argenté sur l'eau. Afra essaya d'évaluer la largeur de la rivière.

C'était difficile à dire avec cette étrange lumière, mais elle supposa qu'il devait y avoir environ vingt mètres d'une rive à l'autre. Un bâton qui flottait à la surface lui indiqua que le courant n'était pas trop fort. Elle n'aurait pas de mal à traverser si seulement elle trouvait un bateau.

Elle scruta attentivement les environs. De grands arbres s'élevaient sur les deux rives et leur feuillage épais se détachait en noir sur l'indigo du ciel. Il n'y avait aucun signe d'activité humaine, pas de lumière, pas de lueur orangée rayonnant d'un feu accueillant. Mais il lui semblait entendre quelque chose. Un son si bas et régulier que ses oreilles ne l'avaient pas remarqué jusque-là, mais qu'elle distinguait nettement, maintenant, le grondement mécanique d'un générateur. Il venait du sommet de la colline, de l'autre côté de la rivière.

« Ce doit être Sokomuntu », pensa-t-elle.

Un bruit dans l'eau lui fit brusquement tourner la tête. Quelque chose approchait, descendant le courant dans sa direction. A la lueur de la lune, elle repéra une mystérieuse forme blanche et ses cheveux se dressèrent sur sa tête. Mais elle réalisa ensuite que ce n'était que le T-shirt d'un homme, debout dans un canoë, en train de pagayer. Lorsqu'il soulevait et replongeait sa perche, la lune se reflétait dans les gouttelettes d'eau qui scintillaient comme une pluie de diamants.

Il obliqua soudain vers la rive à une trentaine de mètres d'Afra. Elle entendit le fond du bateau racler le sol.

Puis l'homme se baissa pour ramasser quelque chose qu'il jeta en travers de son épaule. Quand il sauta sur la terre ferme, Afra vit que c'était un animal mort, une sorte d'antilope ou de chevreuil.

« C'est un braconnier », se dit-elle en frissonnant.

Elle avait pensé l'appeler pour lui demander s'il pouvait lui faire traverser la rivière mais, maintenant, elle n'osait plus. Il risquait de s'intéresser à Lucky pour le revendre et, dans ce coin désert, il n'aurait pas de mal à lui arracher le petit chimpanzé.

Elle attendit que ses pas se fussent complètement tus puis elle se faufila jusqu'au bateau. C'était un simple canoë creusé dans un tronc d'arbre. Elle était déjà montée dans une pirogue une fois, avec un garçon qui s'appelait Hussein, et elle savait à quel point c'était instable.

Elle grimpa dedans avec précaution, s'efforçant de garder son équilibre malgré le petit singe perché sur ses épaules. Ouf ! L'homme avait laissé la perche dans le fond du bateau. Afra regarda en amont et en aval. Tout était calme.

– Il va falloir que tu descendes, Lucky, chuchota-t-elle. Je ne peux pas traverser la rivière avec toi sur mon dos.

– Wraa ! Wraa ! cria le chimpanzé, terrorisé.

– Qu'est-ce qu'il y a ? Tu sens quelque chose ? C'est l'eau ? Tu as peur de l'eau, Lucky ? C'est ça ?

Elle dut à nouveau le détacher d'elle et résister à ses efforts frénétiques pour remonter dans ses bras.

– Tiens, prends mon foulard, dit-elle en le sortant de la petite poche de son sac. S'il te plaît, Lucky, je t'en supplie, ne m'embête pas maintenant.

Le singe s'empara du carré de soie et se recroquevilla à côté du sac d'Afra dans le fond du bateau.

La perche était longue et affreusement difficile à manier. Afra réussit assez facilement à écarter de la berge la pirogue qui glissa doucement à la surface de l'eau éclairée par la lune. Mais quand Afra voulut retirer la perche, elle donna un coup dans la coque et le bateau se mit à tanguer dangereusement. Elle chancela et eut toutes les peines du monde à retrouver son équilibre.

« Non, non, non ! » cria-t-elle dans sa tête.

L'eau était tellement noire et calme qu'on aurait dit de l'huile. Rien ne bougeait, mis à part une bûche qui descendait lentement la rivière. Afra allait juste recommencer à essayer de relever la perche quand la bûche heurta le bateau. Elle s'assit aussitôt de peur de perdre à nouveau l'équilibre et fixa le morceau de bois, avec un frisson d'horreur. Et si cette protubérance était un œil ? Et qu'est-ce que c'était que cette bosse, tout au bout ? Un nœud dans le bois ou une narine de reptile ?

En se retenant de hurler, Afra prit la perche pour le

repousser. L'objet produisit un bruit mat de bois contre bois. Ce n'était pas un crocodile. Il coula brièvement puis refit surface et continua son chemin.

Afra le regarda s'éloigner, puis se secoua. Elle était tellement fatiguée, épuisée même, qu'elle avait l'impression d'être dans un état second, une sorte de demi-rêve où plus rien n'avait de sens ni d'importance.

Elle s'efforça de se concentrer, de se reprendre.

« Il faut que j'y arrive, il le faut, se répétait-elle, sinon on va dériver et se retrouver dans l'océan. »

Elle releva la perche et essaya encore. Quand elle toucha le fond, elle donna une légère poussée. La pirogue tangua dangereusement, mais se rapprocha légèrement de l'autre rive.

– Ça va aller, Lucky.

Sans s'en rendre compte, elle s'était mise à parler à voix haute.

– On y est presque. Écoute. Tu entends le générateur ? C'est Sokomuntu. Je suis prête à le parier. Et sinon, sinon… eh bien, on est mal. Ouais, toi et moi, on est dans un sacré pétrin, si ce n'est pas le générateur du refuge qui fait ce bruit.

Comme un robot, elle levait et replongeait la perche mécaniquement pour repousser le fond de la rivière. Lever, pousser. Lever, pousser.

– Je ne sais pas ce qu'on va faire, poursuivit-elle en marmonnant. Il ne me reste plus un sou. On n'a pas d'autre choix que de faire confiance à ces gens. On va aller les voir en espérant qu'ils pourront nous aider. Mais je ne vais pas te laisser tomber, Lucky, oh, pas question ! Tu ne resteras là-bas que si ça te plaît.

A environ un mètre de l'autre rive, la pirogue toucha le fond et s'arrêta. Afra scruta anxieusement la berge. Que cachaient ces ombres ? Pouvait-il s'agir d'un repaire de crocodiles ? Elle plissa les yeux pour essayer de voir dans l'obscurité.

Maintenant que le bateau avait cessé de bouger, Lucky osa lâcher le sac d'Afra contre lequel il s'était blotti. Il glissa la main dans la ceinture de son pantalon et se hissa dans ses bras.

– On ne s'est pas si mal débrouillés, murmura-t-elle. On a réussi à traverser finalement. Arrête de gigoter, s'il te plaît. Bon, il faut qu'on sorte de là. Hé, les crocos, vous m'entendez ? Lucky et moi, on n'est pas comestibles, compris ? Allez, Lucky, on y va !

Elle reprit son sac, sauta sur la berge et traversa les buissons en courant. Pas de réaction. Rien ne remua. Elle se retourna vers la pirogue qui dérivait comme un vulgaire morceau de bois emporté par le courant.

« Tant pis, se dit-elle avec un pincement de culpabilité. Ce type est un braconnier, tant pis s'il perd son canoë. »

Elle leva la tête vers le sommet de la colline. Le générateur semblait encore plus proche, maintenant.

– Allez, Lucky. Si c'est bien Sokomuntu, alors on est arrivés. Et sinon… on verra bien !

Elle savait que ce n'était pas très cohérent, mais elle s'en fichait. Elle avait la tête vide, elle était trop épuisée et affamée pour réfléchir. Elle grimpa le sentier, croulant sous le poids de Lucky et de son sac. Elle ne sentait même plus ses pieds couverts d'ampoules.

Et soudain, elle aperçut une lumière devant elle qui venait d'une porte ouverte.

– Tu veux que je te dise, Lucky ? murmura-t-elle sans se rendre compte qu'elle exprimait ses pensées tout haut. Dans la vie, pour faire face aux ennuis, on ne peut compter que sur soi. Bien sûr, il y a toujours des gens qui t'aiment, comme ta mère, ou moi, mais au final, tu dois quand même t'en sortir tout seul.

Elle avança, guidée par la lumière, et se retrouva sur le seuil de la porte. Dans la maison, une femme petite et trapue, vêtue d'un T-shirt délavé et d'un vieux pantalon, se figea en l'apercevant.

– Pete ! cria-t-elle. Viens ! Il y a deux gosses devant la maison, une fille et un chimpanzé.

Afra n'eut pas bien conscience de ce qui se passa ensuite. Elle entra en titubant dans la pièce brillamment éclairée tandis que Lucky passait sur ses épaules pour observer la scène à l'abri derrière elle. Puis elle se retrouva assise sur une chaise, à une table, en face de la femme qu'elle avait vue en premier, et à côté d'un homme qui ressemblait au Père Noël avec son visage ridé encadré d'une barbe blanche.

– Bon sang, Pete ! s'exclama la femme. Regarde-moi ces deux-là ! Ils sont à moitié morts. Cette petite a l'air de mourir de faim. Il lui faut une bonne tasse de thé et quelque chose à manger. Oui, oui, tu vas d'abord reprendre des forces, on parlera après. Et puis, ce bébé a besoin de lait, si je ne me trompe.

Ce n'est qu'après avoir englouti une assiette de ragoût et bu des litres d'eau qu'Afra retrouva ses esprits. Elle donna deux biberons de lait à Lucky qui se cramponnait toujours à elle. Elle ne savait plus quoi penser, elle était soulagée, heureuse d'avoir enfin atteint son but et, en même temps, elle se sentait affreusement vide. Alors elle posa sa tête sur la table et laissa couler ses larmes.

Afra sentit que la femme s'approchait et soudain le petit chimpanzé poussa un cri furieux, il y eut une légère bousculade et la dame recula. Afra arrêta de pleurer et releva la tête, inquiète.

– Ce n'est rien, lui expliqua la femme. Je voulais te donner un mouchoir mais ton jeune ami n'a pas apprécié. Il m'a un peu mordue. Rien de grave. Il sait que tu n'es pas en forme. Il a juste voulu te protéger.

Afra rit en hoquetant entre deux sanglots.

– Désolée… ! Vous devez penser que je suis folle. Mais c'est que je…

– C'est bon. Ne te sens pas obligée de t'expliquer tout de suite. On dirait que tu as pas mal voyagé. Tu es fatiguée et tu as déjà dû avoir beaucoup d'émotions.

Alors je pense qu'une bonne nuit de sommeil dans un vrai lit ne te ferait pas de mal. Qu'est-ce que tu en dis ?

– Mais je ne peux pas laisser Lucky, répliqua Afra. Et vous ne voulez sûrement pas qu'il rentre dans les chambres. On va dormir dehors, comme hier.

La femme se mit à rire.

– Ne t'en fais pas, j'ai vu défiler plus de chimpanzés que d'humains dans ma chambre d'amis. Comment tu l'appelles déjà ?

– Je l'ai baptisé Lucky. Et moi, c'est Afra. Afra Tovey.

– Moi, c'est Jane. Et cet ours mal léché, c'est Pete. Bienvenue à Sokomuntu, Afra.

Chapitre 16

BIENVENUE À SOKOMUNTU

C'est Lucky qui réveilla Afra. Il avait dormi roulé en boule et serré contre elle. Elle avait senti une ou deux fois dans la nuit la chaleur de son petit corps blotti dans son dos. Elle avait également entendu, dans les brumes du sommeil, le grésillement d'un émetteur radio dans la pièce d'à côté mais elle était retombée aussitôt dans le flot confus de ses rêves.

Lorsqu'elle ouvrit les yeux, Lucky était assis sur l'oreiller, en train de l'épouiller. Il écartait doucement ses mèches pour examiner son cuir chevelu en claquant des lèvres et en poussant de petits grognements de contentement. Dès qu'il vit qu'elle était réveillée, il s'allongea sur le dos et lui présenta son ventre pour lui demander de lui rendre la pareille.

Encore à demi endormie, elle tendit la main et se mit à ôter les brins d'herbe sèche mêlés à ses poils. Elle le gronda avec tendresse :

– Dis donc, si tu ne m'avais pas réveillée, j'aurais pu encore dormir des heures, petit coquin !

Elle s'étira et gémit en sentant ses bras et ses jambes pleins de courbatures.

– J'ai l'impression que quelqu'un s'est défoulé sur moi avec une batte de base-ball, grommela-t-elle. Et toi, Lucky ? Tu vas bien ?

La porte s'ouvrit et Jane apparut. Elle était toute rouge et s'essuyait les mains avec un torchon.

– Patty m'a fait courir, expliqua-t-elle. Elle embêtait le chien.

Afra s'assit dans son lit.

– Qui c'est ?

– Elle est arrivée il n'y a pas longtemps. Elle a un peu de mal à se faire au refuge. On l'a trouvée dans un carton sur le tapis à bagages à l'aéroport de Lusaka. Elle était dans un état pitoyable.

– Vous voulez dire que c'est un autre chimpanzé ?

Jane éclata de rire.

– Oui, bien sûr.

Elle s'assit au bout du lit. Lucky fixa d'un œil gourmand le biberon de lait qu'elle avait à la main mais Jane évitait volontairement de croiser son regard.

– J'imagine que vous vous demandez…, commença Afra.

Elle laissa sa phrase en suspens.

– Oui, je suis plutôt curieuse de savoir comment tu es arrivée ici. Mais prends ton temps. Commence par le commencement.

Afra ne savait pas vraiment par quel bout s'y prendre

mais, une fois lancée, elle se laissa emporter par le flot de son histoire. Au fur et à mesure, les yeux de Jane s'élargissaient de surprise.

– Quelle histoire ! commenta-t-elle quand Afra se tut enfin. C'est à peine croyable.

– Je sais, fit Afra en remuant nerveusement ses orteils pleins d'ampoules sous la couverture. Même moi, j'ai du mal à y croire.

Lucky s'était approché pas à pas du biberon de lait que Jane avait négligemment posé à coté d'elle. Soudain, il se rua dessus et s'en empara. Puis il s'assit et enfonça la tétine dans sa bouche.

– Il ne sait pas qu'il faut le pencher, expliqua Afra. D'habitude, c'est moi qui lui donne la tétée.

En évitant toujours de le regarder, Jane avait déjà glissé un doigt sous le biberon pour le relever afin que le lait coule dans la tétine.

L'air de rien, Lucky tendit le bras et referma sa main sur la sienne. Afra les observait en essayant de refréner sa jalousie.

– Mais de toute façon, je te crois, reprit Jane, parce qu'on dirait que, depuis deux jours, toute l'Afrique est à ta recherche. J'ai lancé quelques appels radio hier soir et, dès que j'ai mentionné ton nom, les ondes se sont déchaînées. Tu n'imagines pas le nombre de gens qui m'ont contactée ce matin.

– Oh…

Afra la regarda, inquiète.

– Et est-ce que vous avez eu un certain professeur Tovey, par hasard ?

– Ton père ? Et comment ! Il avait l'air fou furieux. Je lui ai dit qu'il avait intérêt à se calmer s'il voulait venir à Sokomuntu.

– C'est vrai ?

Afra était drôlement impressionnée.

– Bah, tiens. Et ensuite j'ai eu la fameuse Mlle Hamble. Elle était complètement retournée !

– Ah bon, vous la connaissez ?

– Petunia Hamble ? Oh que oui, et depuis des années.

– Petunia ?

Afra ne put s'empêcher de pouffer.

– Ce n'est pas son vrai nom quand même ?

– Bien sûr que si. Tu vois pourquoi elle ne veut pas qu'on l'appelle par son prénom ? La pauvre vieille. Elle était dans un tel état que j'ai cru qu'elle allait avoir une crise de nerfs quand je lui ai dit que tu étais ici, et en un seul morceau.

Afra se mordit les lèvres. Elle savait qu'elle aurait dû se sentir coupable d'avoir fait subir ça à Mlle Hamble, mais elle n'y arrivait pas.

– Elle t'a traitée comme un bébé, non ? demanda Jane. Elle a dû te rendre folle. Elle est comme ça avec tout le monde, Petunia. Elle n'a jamais eu d'enfant. Mais elle a bon cœur. C'est vraiment quelqu'un de bien.

Elle fronça les sourcils.

– Tu sais que tu leur as fait très peur. J'espère que tu le regrettes.

Afra prit son inspiration.

– Eh bien, je suis désolée d'avoir causé tant de soucis à tout le monde, mais je ne regrette pas ce que j'ai fait. Il fallait que je donne une chance à Lucky. Et je ne voyais pas comment je pouvais le sauver à part en m'enfuyant avec lui.

Jane baissa les yeux vers le petit chimpanzé. Il avait fini son biberon et lui tapotait la main pour en avoir encore.

La gorge d'Afra se serra. Peut-être qu'il n'était pas vraiment attaché à elle finalement. Peut-être que n'importe quelle personne qui se montrait gentille avec lui et lui donnait du lait pouvait remplacer sa mère.

Jane s'était radoucie.

– Non, j'imagine que tu n'avais pas le choix, reprit-elle. J'aurais fait la même chose à ta place, sauf que je n'en aurais pas eu le courage, je crois. Tu es un sacré numéro, Afra Tovey. Mais, sans vouloir te vexer, je suis contente que tu ne sois pas ma fille.

Afra sourit, un peu embarrassée.

– Vous en avez ? Des filles je veux dire ?

– Non, j'ai des jumeaux, deux garçons. Et soixante-dix chimpanzés. Soixante et onze si on compte Lucky. C'est pour ça que tu l'as amené ici, non ? Tu veux qu'il reste avec nous ?

Afra regarda le petit singe. Il se sentait maintenant

en confiance avec Jane et faisait des galipettes sur le lit. Elle avala sa salive et leva les yeux vers Jane.

– Oui, j'imagine…

Jane se leva.

– Bon, alors on ferait mieux d'y aller.

– D'aller où ?

– Le présenter à sa nouvelle famille. Ça peut prendre plusieurs jours s'ils ne l'acceptent pas tout de suite. Rejoins-moi quand tu seras habillée, le petit déjeuner est prêt.

Sur le seuil de la porte, elle se retourna.

– Ils sont vraiment attachants, hein ? ajouta-t-elle d'une voix si douce que les yeux d'Afra s'emplirent de larmes. Si ça peut te consoler, je crois qu'ils s'attachent aussi vraiment à nous. Lucky ne peut pas comprendre ce que tu as fait pour lui, mais il ne t'oubliera jamais.

Dehors, le soleil brillait. Le terrain bordé d'arbres qui entourait la maison était désert, mis à part deux chiens, une grosse oie et une petite bande de poules qui picoraient dans le sable. Un jeune homme poussait une brouette pleine de fruits trop mûrs vers une réserve.

– *Mwapoleni* ! lui lança-t-il.

Elle répondit d'un signe de main, car elle ne parlait pas bemba. L'homme disparut dans le cagibi. Ni Jane ni Pete n'étaient en vue.

Mais soudain, elle entendit la voix de Jane qui venait d'un groupe de bâtiments bas.

– Descends de là, espèce d'idiot ! criait-elle. Si tu crois que tu vas pouvoir rester perché là-haut à te laisser mourir de faim, tu te trompes !

Afra se guida à la voix et elle découvrit la responsable du refuge au pied d'un arbre, en train d'agiter un morceau de viande dans les airs. Au-dessus d'elle, sur la plus haute branche, se tenait un grand oiseau.

– C'est un circaète, expliqua Jane. Normalement, c'est un oiseau très doué pour attraper les serpents, mais il s'est cassé l'aile il y a quelques semaines. Je l'ai rafistolé pour qu'il puisse à nouveau voler, mais il ne peut pas encore chasser. Il n'arrive pas à se nourrir et il ne veut pas manger ce que je lui donne. Il est têtu comme une mule. Il aime se faire prier.

Elle fit tournoyer le morceau de viande. Alors, déployant soudain ses grandes ailes, le circaète descendit en piqué, lui arracha la viande des mains et regagna son perchoir avec son butin.

– Il était temps ! s'exclama Jane avec un sourire victorieux. Voilà. Tu vas te remettre comme ça.

En observant Jane, son visage tanné par le soleil et ses vieux vêtements, Afra eut comme un choc. C'était l'incarnation de ce qu'elle rêvait de devenir. La vie de cette femme était celle qu'elle avait toujours voulu mener. Au fil des années, elle s'en était fait une idée de plus en plus précise. Elle se voyait dans un coin perdu d'Afrique, gérer un endroit comme celui-là pour accueillir tous les animaux qui en avaient besoin, elle les sauverait, elle s'en occuperait nuit et jour, elle les soignerait et les remettrait d'aplomb. Et voilà qu'elle se retrouvait face à ses rêves devenus réalités. Bizarrement, ça la mettait mal à l'aise.

Jane remarqua qu'elle s'était figée.

– Qu'est-ce que tu as ? Tu as vu un fantôme ou quoi ?

« Peut-être, pensa Afra. Le fantôme de mon futur. »

Il y eut soudain du remue-ménage du côté des dépendances, des éclats de voix et des grognements s'élevaient de l'un des bâtiments. Lucky, qui avait suivi Afra dehors et qui était en train d'examiner une pelure d'orange, se mit à crier aussi et sauta dans ses bras.

– Ce doit être Patrick. Il a emmené les petits en forêt pour leur promenade du matin et maintenant il leur donne à manger. Viens, c'est l'occasion ou jamais.

Afra sentait Lucky trembler dans ses bras tandis qu'elle suivait Jane. Elles passèrent entre de vieilles remises pour accéder à une cour grillagée. L'homme qu'elle avait vu tout à l'heure était près de la clôture et donnait des fruits à cinq ou six petits chimpanzés qui tendaient la main vers lui.

– Ce sont les plus jeunes de nos pensionnaires, expliqua Jane, ceux qui ont moins de quatre ans. Lucky sera dans leur groupe s'ils l'acceptent. Ce sera leur nouveau frère.

Afra avait l'impression d'être une mère qui accompagne son enfant pour son premier jour d'école. Les jeunes chimpanzés se disputaient gentiment l'attention de Patrick. Ils s'emparaient des fruits puis les coinçaient dans leurs pieds aussi agiles que des mains, sous leurs aisselles ou au creux de leurs coudes et tendaient de nouveau la main pour en avoir encore.

Lucky les regardait d'un air inquiet, cramponné à Afra.

Le dernier fruit disparu, les petits singes s'en furent aux quatre coins de la cour pour manger leur part.

– Vas-y, conseilla Jane. Amène-le près du grillage.

Luttant contre son appréhension, Afra obéit. Dans un premier temps, les chimpanzés les ignorèrent, puis une petite femelle leva les yeux et poussa de petits grognements. Elle s'approcha lentement de la clôture et passa la main au travers pour toucher l'épaule de Lucky. Aussitôt, il fit claquer ses lèvres. Puis il tendit la main et se mit à épouiller doucement le bras de l'autre singe.

– C'est un bon début, commenta Jane. C'est une vraie petite mère poule, cette Leni. Elle est là depuis plus d'un an. On l'a sauvée des griffes des braconniers qui avaient abattu sa mère. Elle était à demi morte de faim quand elle est arrivée. Regarde ! Elle l'accepte déjà.

Un par un, les autres chimpanzés s'approchèrent. Ils sortirent la main pour toucher Lucky. Il se laissait faire tranquillement, de plus en plus détendu et confiant.

– C'est incroyable ! s'exclama Jane. Cette étape peut prendre des jours et des jours dans certains cas. Des semaines, même. Ton petit bout de chou passe toutes les épreuves haut la main. Bon, j'ai du travail qui m'attend. Tu n'as qu'à rester avec lui une petite heure, Afra. Je reviens bientôt.

Elle partit en adressant un signe à Patrick et laissa Afra qui regardait les petits chimpanzés avec Lucky dans les bras. Ils avaient envie de jouer. L'un d'eux se suspendit au grillage par un bras en se grattant le ventre de l'autre main, jusqu'à ce qu'un de ses copains le tire par le pied. Alors ils se mirent à se pourchasser en poussant des cris perçants. Deux autres, plus calmes, les ignoraient complètement. Ils étaient bien trop occupés à s'épouiller mutuellement. De temps en temps, un des petits singes venait voir Leni, qui était toujours assise devant la clôture. Elle avait passé les deux bras au travers pour prendre les mains de Lucky dans les siennes. Elle le lâchait juste brièvement pour se gratter la tête ou ramasser quelque chose par terre puis revenait à lui. Ils étaient en train de devenir amis.

Bientôt, Afra put distinguer les chimpanzés les uns des autres. Elle constata qu'ils avaient chacun leur personnalité.

« Toi, Lucky ne va pas beaucoup t'aimer », pensa-t-elle en voyant un petit singe surexcité sauter sur le dos d'un autre pour lui assener une grande tape.

L'autre se retourna pour le plaquer au sol et ils se mirent à chahuter.

« Ou peut-être que si, je ne sais pas. C'est des jeux de garçons, ça. Vous adorez vous battre ! »

Quand Jane revint, Lucky s'était enhardi. Il avait quitté les bras d'Afra pour grimper sur le grillage comme s'il voulait entrer à l'intérieur avec les autres.

– Eh bien, tu as fait vite, le félicita Jane. D'habitude, je n'introduis pas les nouveaux aussi rapidement, mais il a l'air d'avoir envie de les rejoindre, hein ? OK. Allez, je vais te laisser entrer, Lucky.

Un instant plus tard, Lucky était dans la cour avec les autres chimpanzés. Il resta un moment près de la porte, intimidé, mais Leni vint à sa rencontre et lui passa le bras autour des épaules. Alors ils s'en allèrent ensemble, clopin-clopant, et disparurent dans la petite maison des singes tout au bout de l'enclos.

« Ça y est, déjà, se dit Afra. Je l'ai perdu. »

Elle sentit un vide affreux dans sa poitrine.

– Il ne va pas toujours rester dans cette cage ? s'inquiéta-t-elle. Ça me semble un peu petit.

Jane secoua la tête.

– Non, on les garde là tant qu'ils sont petits. Patrick les emmène tous les matins se promener dans la brousse, pour les habituer. Et quand ils sont plus grands, ils rejoignent les autres qui vivent sur un grand terrain plein d'arbres. On ne les voit plus beaucoup ensuite. On les nourrit toujours, bien sûr, mais ils restent entre eux et se débrouillent plus ou moins tout seuls.

Afra l'écoutait à peine. Elle fixait encore la petite ouverture par laquelle Lucky avait disparu.

Jane lui posa la main sur l'épaule.

– Il faut le laisser s'habituer à sa nouvelle vie, Afra. On reviendra plus tard voir comment il s'en sort.

– D'accord.

Afra s'éloigna à contrecœur. Elle sentait un grand vide au creux de ses bras. Tout à coup, l'avenir lui semblait plat et vain.

Mais soudain, une voiture, comme surgie de nulle part, passa le portail du refuge dans un nuage de poussière.

– Qui est-ce ? s'étonna Jane. Pete est déjà rentré et je n'attends personne aujourd'hui.

Le véhicule s'arrêta et un homme de grande taille avec des cheveux blonds en bataille en sortit. Afra recula, l'air horrifiée.

– Tu le connais ? demanda Jane.

– Oui, c'est Prof. Mon père.

Chapitre 17

TOUT EST BIEN QUI FINIT BIEN

Afra s'attendait à ce que son père soit fou furieux. Elle l'avait déjà mis hors de lui tant de fois par le passé, en lui désobéissant, en fuguant et en le rendant malade d'inquiétude. Chaque fois elle avait dû affronter sa colère. Mais, cependant, jamais, en treize ans, elle n'avait fait quelque chose d'aussi grave.

Elle vit soudain son histoire du point de vue de son père. Elle avait disparu dans un pays déchiré par la guerre, où rôdaient les hommes de la milice et les résistants armés. Elle s'était évaporée sans laisser de trace, sans explication. Il avait dû penser qu'elle avait été kidnappée, ou pire encore. Il s'était probablement imaginé qu'elle avait été tuée. Il avait dû se ronger les sangs.

Elle croisa les doigts dans son dos et s'approcha de lui, se préparant au tremblement de terre qui allait secouer le sol sous ses pieds. Mais Prof avait l'air bouleversé. Il ouvrit simplement les bras et la serra à l'étouffer.

– Oh, ma chérie, dit-il seulement.

Au bout d'un moment, Afra s'écarta pour le regarder. Il était livide, le visage défait.

– Prof…, commença-t-elle. Je suis désolée. Vraiment, vraiment désolée. Je suppose que tu as dû t'inquiéter, mais…

Il la coupa.

– Je n'ai pas arrêté de me torturer, tu veux dire. Je me demandais ce que j'avais fait. Si tu étais en colère parce que je n'étais pas venu avec toi ou si c'était à cause de Marine. Je sais que tu n'as pas apprécié quand je suis sorti avec elle au début, mais je pensais que vous étiez devenues amies. Je sais que je ne suis pas doué comme père. J'imagine que tu essayais de me dire que…

Sa voix dérailla.

Afra le fixait, anéantie. C'était pire que la colère, pire que le mépris avec lequel il l'avait parfois traitée.

– Mais non ! Pas du tout ! protesta-t-elle. Ça n'a rien à voir avec toi. Et bien sûr que j'aime Marine, tu le sais bien. J'étais vraiment contente d'aller à Luangwa, mais il y a eu un imprévu. Jane ne t'a pas raconté ? J'ai trouvé un bébé chimpanzé et il fallait que je le sauve.

Elle se retourna pour voir si Jane était toujours là mais, par délicatesse, elle s'était éclipsée.

Prof soupira.

– Si, si, elle m'a parlé d'un chimpanzé. Évidemment, je me doutais qu'il y avait un animal derrière tout ça, mais je sais aussi qu'il y a sûrement une explication plus profonde.

– Oh, oui, oui, bien sûr…

Peinée de le voir si bouleversé, Afra se dressa sur la pointe des pieds pour déposer un baiser sur sa joue.

– Mais franchement, ça n'a rien à voir avec toi, papa. Je t'assure. Je te l'ai dit, je suis vraiment sincèrement désolée de t'avoir causé tant de souci. Mais tu n'es pas en cause. C'est ce que j'ai vu… ce qui se passe à Mumbasa.

– J'ai su que vous aviez atterri là-bas. Mlle Hamble m'a appelé. Je n'ai jamais eu une telle furie au téléphone… Mais qu'est-ce qui s'est passé ? Tu as vu des affrontements ? Je pensais pourtant que cette région n'était pas touchée par la guerre civile… Oh, ma chérie, j'aurais tant voulu que tu ne sois jamais mêlée à ce genre de choses. Après avoir vécu ces terribles événements en Éthiopie, ta mère et moi, nous nous étions promis que jamais notre enfant ne serait confronté aux horreurs de la guerre.

Elle lui prit le bras et le secoua doucement.

– Mais ça n'a rien à voir avec ça, papa. Enfin, pas directement. C'est ce qui se passe dans la forêt. Ce qu'ils font subir aux gorilles et aux chimpanzés.

Ses yeux, qui erraient dans le vide, se fixèrent sur elle avec une nouvelle attention.

– Qu'est-ce que tu racontes ?

Elle prit une profonde inspiration.

– Ils sont en train d'abattre la forêt, Prof. Des entreprises européennes.

– Je sais, c'est honteux mais on ne peut pas y faire grand-chose. Ça dure depuis des années.

Elle secoua la tête avec véhémence.

– Mais il n'y a pas que les arbres ! Les chasseurs se servent des routes tracées par les bûcherons pour pénétrer au cœur de la forêt et ils tirent sur tout ce qui bouge. Ils tuent les chimpanzés et les gorilles pour vendre leur viande. Et les gens les mangent !

Il fronça les sourcils.

– Mais ce sont pourtant des espèces protégées. C'est illégal !

Elle haussa les épaules.

– Tu parles ! Ils s'en fichent. C'est de l'argent facile et vite gagné. Et Lucky, mon chimpanzé, eh bien, sa mère a été tuée. J'ai vu son corps. C'était affreux, Prof. Elle était ligotée sur un tronc à l'arrière d'un énorme camion. Et Lucky était dans un carton, avec tous les gamins du village qui l'embêtaient. Il était terrifié, à moitié mort de faim. Toi aussi, tu aurais voulu le sauver. Tu aurais fait comme moi.

Il allait répondre quand Jane réapparut.

– J'emmène les petits chimpanzés se promener en forêt, annonça-t-elle. Vous voulez venir ?

– Lucky y va aussi ? demanda Afra.

– Oui, bien sûr.

Afra prit alors la main de son père.

– Génial, comme ça, tu vas le voir, dit-elle en le tirant vers l'enclos. Viens, je vais te le présenter.

Les jeunes singes, excités par la perspective de la promenade, émettaient toutes sortes de bruits du grognement au cri, dans une cacophonie assourdissante. Jane avait à peine ouvert la porte qu'ils se ruèrent dehors, six tornades de poils noirs pleines d'énergie. Lucky arriva en dernier. Il s'approcha prudemment, ne sachant pas très bien ce qui allait lui arriver mais, quand il vit Afra, il se précipita vers elle et lui sauta au cou, l'entourant de ses longs bras en sautillant d'excitation. Elle enfouit son nez dans sa petite nuque toute douce.

– Hé, mon petit bout, réussit-elle à articuler malgré la boule qu'elle avait dans la gorge. Je croyais que tu m'avais déjà oubliée.

Elle se tourna pour le montrer à son père, mais il était assailli par les autres chimpanzés. Un petit était déjà assis sur son épaule et un autre escaladait sa jambe.

Il protesta en riant :

– Hé ! Attention ! Non, non, arrêtez ! Attention à mes lunettes !

Jane le débarrassa facilement de ses nouveaux fans.

– Ils sont censés marcher, ces petits paresseux. Il y a longtemps que leurs mères auraient arrêté de les porter.

– Tu as entendu, Lucky ? fit Afra. Je t'ai porté toute

la journée hier. Aujourd'hui, tu vas te débrouiller tout seul.

Elle le posa délicatement sur le sol et se mit en route à la suite de Jane. Lorsqu'elle sentit sa petite main tirer sur son short pour la supplier, elle dut se faire violence pour ne pas céder.

– Il est un peu nerveux, expliqua Jane. C'est normal, il est nouveau ici.

Leni, qui courait devant à quatre pattes, s'arrêta brusquement et se retourna. Elle attendit qu'Afra et Lucky l'aient rejointe et passa le bras autour des épaules du petit chimpanzé pour marcher avec lui.

– Et voilà, ils se baladent presque main dans la main, constata Jane, ravie. Ils sont à quatre-vingt-dix-huit virgule six pour cent humains. Ça se voit tout de suite !

Elle les emmenait dans la direction opposée à la rivière, vers une forêt d'acacias. Afra observa les environs. C'était le même paysage que la veille. Avec Mwape, ils avaient marché des kilomètres et des kilomètres, des heures et des heures, dans ce genre de forêt. Ils avaient contourné les mêmes termitières, traîné les pieds dans les mêmes feuilles mortes et gousses sèches. Elle frissonna. La veille, la forêt lui semblait hostile, un labyrinthe plein de dangers. Aujourd'hui, c'était un endroit paisible, aux ombres et lumières changeantes, résonnant du chant des oiseaux.

Elle se souvint du cobra et se tourna vers son père

pour lui raconter mais, finalement, elle se ravisa. Il s'était déjà assez inquiété. Pas besoin d'en rajouter avec l'histoire du serpent.

Jane finit par s'arrêter dans une petite clairière. Les chimpanzés étaient habitués à ce rituel. Ils se mirent aussitôt à jouer. Certains se poursuivaient dans les arbres. Un autre, qui avait déniché une termitière pas plus haute que lui, se mit à tirer dessus pour la détacher de sa base et la renverser. Puis il s'assit à côté et observa, fasciné, le fourmillement des insectes.

Leni s'installa près de Prof et le dévisagea avec attention. Puis elle grimpa sur ses genoux et, repliant avec précaution le haut de son oreille, entreprit d'inspecter la peau qui se trouvait derrière.

– Eh, tu me chatouilles ! fit Prof en riant.

Et il se mit à la chatouiller lui aussi. Elle se roula sur le dos, agitant ses pattes en l'air, gigotant comme une folle, prise d'un fou rire silencieux.

Afra, qui les regardait, réalisa soudain qu'elle avait perdu Lucky de vue. Elle scruta les alentours d'un œil anxieux et vit qu'il était monté dans un arbre avec les autres. On entendait les branches craquer et le feuillage remuer.

– Qu'est-ce qu'ils fabriquent ? s'inquiéta Afra.

– Ils construisent des nids pour se reposer, expliqua Jane. Comme le faisaient leurs mères.

Au bout d'un moment, Leni se lassa des chatouilles et détala.

— Où est passé Lucky ? demanda Prof.

— Là-haut, avec les autres, lui apprit sa fille en montrant l'arbre du doigt.

— Tout est bien qui finit bien, alors, non ?

Afra ne répondit rien. Elle revoyait la mère de Lucky, ou plutôt son cadavre, dans le camion, Maurice et Dieter, le Pygmée avec son fusil. Elle secoua la tête et soupira :

— Non, pas vraiment. Le mieux pour lui, ça serait d'être chez lui, avec sa famille. Et que tout ça ne soit jamais arrivé. Ou alors que ses grandes sœurs se soient occupées de lui pour qu'il continue à vivre là-bas normalement.

Elle ramassa deux cailloux qu'elle secoua dans le creux de ses mains. Elle hésitait. Elle aurait voulu parler franchement avec Jane, mais elle avait peur de la vexer. Le visage calme et rayonnant de la responsable du refuge l'encouragea.

— Jane, j'ai eu un choc ce matin en vous voyant avec le circaète, commença-t-elle. Vous êtes ce que j'ai toujours voulu être. J'aimerais m'occuper d'un refuge comme le vôtre, sauver des animaux, vivre avec eux.

Jane secoua la tête.

— Tu voudrais être comme moi ? Tu plaisantes ? Il faut être fou pour faire tout ça.

— Non.

Afra secoua la tête à son tour.

— Vous n'êtes pas folle. C'est génial, ici ! Je n'ai

jamais vu un endroit pareil ! Mais ce n'est pas suffisant. Ce n'est qu'un pansement sur une blessure profonde, qui nécessiterait… je ne sais pas… une opération, des points de suture et tout ça. Vous ne pouvez sauver que quelques victimes. Je parie qu'il y a un autre Lucky assis dans un carton à Mumbasa, et que ces monstres ont ligoté un autre cadavre de chimpanzé à l'arrière de leur camion.

– Tu as raison, reconnut Jane. C'est évident. On ne traite pas le problème ici. On ramasse seulement les morceaux.

– Eh bien, justement…

Afra écarta une mèche de cheveux de ses yeux.

– J'ai eu une sorte de révélation ce matin. Maintenant, je sais ce que je vais faire de ma vie. Je vais me battre. Contre eux. Contre les bûcherons, les chasseurs, les hommes d'affaires véreux, les trafiquants d'animaux. Et aussi les chalutiers qui tuent les poissons avec leurs grands filets, et les braconniers, et… et… et tous ceux qui exploitent les animaux !

– Eh bien, dis donc, vaste programme ! commenta Jane d'une voix rieuse. Et comment vas-tu t'y prendre ?

Afra jeta les cailloux et se redressa, les yeux brillants.

– Je ne sais pas encore mais il faudra sûrement que je donne des conférences, que j'écrive des lettres un peu partout, que j'organise des manifestations et que je dise aux gens qui achètent du bois d'Afrique ce qui arrive aux animaux dans les forêts. Je ferai un scandale. Un scandale terrible !

Jane n'avait visiblement plus envie de rire. Elle hocha la tête.

– Tu as raison, Afra. Le monde a besoin de gens comme toi. Et je pense que tu y arriveras. Tu as l'air douée pour créer un vrai remue-ménage !

Prof regardait sa fille comme s'il ne l'avait jamais vue.

– Qu'est-ce qu'il y a, papa ? s'inquiéta-t-elle.

– Oh, c'est fou. Un jour, on quitte sa fille et quand on la retrouve quarante-huit heures plus tard, elle est devenue une jeune femme. Je t'assure que ça fait bizarre.

Les petits chimpanzés étaient fatigués quand ils rentrèrent dans leur enclos. Lucky suivit les autres sans un regard pour Afra. Elle rattrapa à contrecœur Prof et Jane qui se dirigeaient déjà vers la maison.

– Je voulais te demander quelque chose, Prof, fit-elle avec un petit rire nerveux, mais je n'ai pas osé. Tu as contacté Marine ? Elle n'était pas trop en colère après moi ?

– Oui, je l'ai appelée mais elle était plus inquiète qu'en colère. Elle était malade d'inquiétude, en fait. Mais maintenant elle sait que tu vas bien. Je lui ai dit que je te conduirais à Luangwa demain si tu étais en état de voyager.

Il l'examina de la tête aux pieds.

– Mm, tu m'as l'air en forme. On partira tôt, vers huit heures.

– Ça veut dire que tu veux bien que j'aille à Luangwa malgré tout ? répéta Afra qui n'en croyait pas ses oreilles. Merci, Prof. Franchement, je ne m'y attendais pas. Je pensais que tu me mettrais au pain sec et à l'eau pendant des semaines.

– Non, non, je ne peux pas te mettre au régime, répliqua son père. D'après ce que j'ai compris, Marine a l'intention de te jeter aux lions là-bas. Il faut qu'ils aient de quoi manger.

– Je vais lui acheter un super cadeau pour me faire pardonner, s'enthousiasma Afra. Euh… enfin s'il me restait de l'argent, je… Dis, papa, tu ne pourrais pas me prêter…

Elle s'interrompit. Pete venait de sortir de la maison et il leur faisait signe.

– Il y a un certain Mwape qui te demande par radio, Afra, annonça-t-il.

Afra se précipita à l'intérieur et mit les écouteurs sur ses oreilles. Elle entendit la voix de Mwape noyée sous les grésillements.

– Afra ? Ça va ? Terminé.

– Oui. Je suis bien arrivée. Lucky reste ici. Tout va bien. Je pars pour Luangwa demain. Et toi ? Tu es chez ta mère ? Terminé.

– Oui, elle est un peu malade alors heureusement que je suis venu. Je vais rester un moment ici pour m'occuper d'elle. J'ai téléphoné à mon père. Tu avais raison, tu sais. Il s'inquiétait vraiment pour moi.

Une série de craquements l'interrompit et sa voix se brouilla.

– Écris-moi à Nairobi, Mwape ! cria Afra. Et viens me rendre visite !

Mais elle ne l'entendait plus. Elle se retourna et vit Prof, Jane et Pete qui la regardaient avec curiosité.

– Comme ça, ce Mwape, c'est ton petit ami ? la taquina Pete. Je parie que tu en as des dizaines à travers toute l'Afrique, pas vrai ?

Afra rougit.

– Ne l'écoute pas. Viens plutôt prendre une tasse de thé, lui proposa Jane.

– Alors, comment s'en sort notre nouveau petit gars ? demanda Pete en sucrant son thé. Il avait l'air un peu timide quand je suis allé faire un tour à l'enclos ce matin. Mais ça s'est arrangé quand je lui ai donné ma banane.

Afra lui sourit.

– Vous jouez les gros ours mal léchés, mais vous avez un cœur d'or dans le fond ! remarqua-t-elle.

– Chut ! Ne lui dis pas ça, protesta Jane. Tu sais comment sont les hommes ! Ça va lui monter à la tête !

Tôt le lendemain matin, alors que tout le monde dormait encore, Afra sortit de son lit sur la pointe des pieds et fila à l'enclos des bébés chimpanzés. Un touraco, perché parmi les fleurs violettes d'un jacaranda, laissa échapper un piaillement surpris et le cri retentissant d'un aigle lui répondit. Les chimpanzés adultes, loin là-bas dans leur forêt clôturée, s'agitaient aussi ce matin-là. Ils s'ébattaient en poussant des hurlements perçants.

Leur vacarme avait également réveillé les petits. Ils étaient sortis de la petite maison où ils dormaient et s'amusaient à escalader leur grillage. Lucky était en train d'observer un insecte dans le sable quand Afra arriva, mais il bondit dès qu'elle l'appela et se précipita à sa rencontre, avec de petits grognements de joie.

Elle s'agenouilla près de la clôture et lui prit la main. Il s'assit tranquillement en la laissant faire puis passa l'autre bras dehors et fit claquer ses lèvres pour lui demander de l'épouiller. Elle se pencha sur son avant-bras et ôta les restes des fruits qu'il avait mangés la veille. Il se détendit et laissa aller sa tête contre le grillage, sans la quitter des yeux.

Mais soudain Leni les rejoignit. Jalouse, elle passa aussi le bras dehors pour réclamer l'attention d'Afra. Celle-ci obéit et entreprit d'enlever les morceaux de feuilles sèches pris dans ses poils. Leni se détendit aussi et s'appuya contre Lucky comme s'ils se connaissaient depuis des années.

Puis Lucky tendit le bras et attira la tête d'Afra vers lui, en soufflant doucement. Elle pencha le cou pour qu'il puisse l'épouiller à son tour. Elle ferma les yeux tandis qu'il écartait avec précaution ses cheveux pour inspecter son crâne qu'il touchait délicatement avec ses petits doigts durs.

Elle resta dans cette position pendant un long moment jusqu'à ce qu'elle entende des voix qui venaient de la maison. Comme elle ne voulait pas qu'on la trouve là, elle se dégagea à contrecœur des mains de Lucky. Elle les serra un temps dans les siennes puis les relâcha.

– Au revoir, murmura-t-elle.

Il n'y avait rien d'autre à dire. Elle se releva et s'éloigna, avec son odeur sucrée encore dans les narines et le souvenir de ses doigts délicats sur sa tête, comme une caresse.

A propos de l'auteur

ELIZABETH LAIRD

Elizabeth Laird est née en Nouvelle-Zélande, mais elle avait trois ans quand sa famille est allée s'installer en Angleterre. Depuis, elle a voyagé aux quatre coins du monde et a pu observer toutes sortes d'animaux.

Au cours d'un de ses voyages au Kenya, elle s'est même perdue la nuit dans une réserve et s'est retrouvée en compagnie d'un rhinocéros peu amical, ainsi qu'avec des éléphants et des buffles qu'elle aurait préféré ne pas approcher de si près... Sa connaissance du monde sauvage l'a beaucoup aidée à écrire les histoires de **Safari nature**.

Elle a également travaillé avec des spécialistes de la faune et de la flore africaines qui vivent quotidiennement les aventures racontées dans les livres de cette série.

D'autres romans d'Elizabeth Laird sont publiés dans la collection Folio Junior : *Si loin de mon pays*, *Mon drôle de petit frère* et *Une amitié secrète*.

Découvrez un extrait de…

SUR LA PISTE DU LÉOPARD

Safari nature n°1

❝ Quelque chose remua dans les hautes herbes. Aussitôt prêts à prendre la fuite, les impalas regroupés en troupeau se figèrent sur leurs pattes grêles. Un buffle pointa ses cornes vers le ciel et d'un regard sombre parcourut le paysage. Un peu plus loin, un zèbre agita la queue au-dessus des fines rayures de sa croupe et martela la terre rouge brique de ses sabots noirs et luisants.

Le faucon, porté par les courants chauds qui balayaient la savane, était le seul à voir la créature souple et ondoyante qui avançait à pas de velours, tandis que les herbes sèches griffaient son pelage tacheté. Le faucon aperçut une paire d'oreilles rondes, en éveil, prêtes à capter le moindre bruit, des narines palpitantes, ouvertes au plus léger souffle d'air et, sous un front lourd, deux yeux d'or inquisiteurs.

Le léopard cherchait à se mettre quelque chose sous la dent.

Il n'avait pratiquement rien mangé depuis plusieurs jours. Voilà un mois qu'il avait quitté sa mère. Jusque-là, il avait partagé ses proies et appris à ses côtés tout ce qu'un léopard doit savoir. Puis il avait grandi. Pendant quelque temps, sa mère et lui s'étaient affrontés, s'amusant à échanger des coups de griffes et de dents. Puis elle l'avait emmené loin de son territoire et l'avait livré à lui-même afin qu'il trouve sa place dans le vaste monde.

Il avait chassé toutes les nuits, comme elle le lui avait enseigné, mais sans grand succès. Il en était maintenant réduit à traquer des proies en plein jour – ce qui était beaucoup plus dur...

Captant soudain l'odeur d'une gazelle, le jeune léopard se raidit. Il se ramassa sur lui-même, prêt à bondir. La gazelle, pressentant le danger, leva la tête et huma l'air. Il rampa vers elle en silence, bandant tous les muscles de son corps. Puis il s'élança. Mais la gazelle avait des réflexes trop rapides pour lui. Esquivant l'attaque, elle partit comme une flèche, ponctuant sa course de brusques écarts pour échapper à ses griffes... **"**

Découvrez un extrait de...

LE ROCHER AUX SINGES

Safari nature n°2

❝ Au loin, à l'horizon, la longue bande orangée devenait de plus en plus lumineuse. L'aube se levait. En haut d'un escarpement qui dominait le vaste panorama des collines alentour, des gros rochers, hauts comme des maisons, se teintaient de reflets roses et dorés à mesure que se posaient sur eux les rayons du soleil. Les babouins, qui avaient passé la nuit juchés sur leurs promontoires, blottis les uns contre les autres pour se tenir chaud, commencèrent à bouger et à se disperser. Ils inspectèrent les environs, à l'affût du moindre signe de danger, scrutant plus particulièrement les ombres persistantes où quelque léopard affamé aurait pu se tapir. Tout avait l'air paisible. Les dangers étaient arrivés avec la nuit mais, à présent, les prédateurs s'étaient retirés pour se reposer. Les singes pouvaient quitter les rochers en toute tranquillité.

Le bébé babouin se réveilla en sursaut : sa mère venait de chasser une mouche d'une de ses longues narines, si fines et élégantes. Il s'accrocha à son pelage de toute la force de ses petites mains et regarda avec curiosité par-dessus l'épaule de sa mère. Sa sœur aînée courait vers eux, battant l'air de sa grande queue. Elle essaya de s'emparer de son petit frère avec qui elle voulait jouer mais, comme elle le tirait un peu trop vivement, le bébé poussa un couinement indigné. La mère s'arrêta un instant au bord du rocher pour accueillir sa fille qu'elle serra tendrement dans ses bras.

Le bébé se dégagea de leur étreinte et se mit à provoquer sa sœur, retroussant les babines et babillant pour qu'elle joue à se battre avec lui. Elle le prit dans ses bras et le serra fort contre elle. Satisfaite de le savoir en si bonnes mains, la mère sauta du rocher vers un autre babouin, tandis que ses enfants se couraient après en poussant de petits cris perçants et s'amusaient avec insouciance dans l'exquise fraîcheur de l'aube naissante. Un autre petit se joignit à leur jeu. Pendant un moment, la jeune sœur oublia son petit frère pour courir après son ami. Le bébé essaya bien de les suivre, mais il dérapa sur la roche lisse et glissa vers le bord en poussant des cris affolés, se retenant tant bien que mal de ses petites mains parcheminées à tout ce qui se présentait sur son passage.

Il avait presque atteint le rebord du rocher et allait s'écraser sur la roche en contrebas, où il risquait fort de se casser un bras ou une jambe, ou encore de tomber sur la tête et de s'assommer… **"**

Découvrez un extrait de…

LA CHARGE DES ÉLÉPHANTS

Safari nature n°3

❝ Le silence planait sur la clairière de la forêt. Dans la chaleur lourde de la mi-journée, un léopard se reposait sur les hautes branches d'un figuier géant. Même les oiseaux se taisaient.

Des bruits de pas assourdis montèrent du chemin. Un singe, prudent, tourna la tête. Quatorze éléphants convergeaient vers la clairière, six d'un côté et huit de l'autre. Ils tanguaient en avançant d'un pas mesuré et s'appelaient les uns les autres, communiquant par de profonds grondements.

Le singe se détendit. Il n'avait rien à craindre d'eux.

Les éléphants entrèrent dans la clairière et se saluèrent mutuellement. Les plus vieilles femelles dressèrent leur trompe pour toucher la tête de leurs amies, tandis que les trompes des plus jeunes se nouaient affectueusement.

Deux jeunes mâles se découvrir et se défièrent aussitôt en poussant des barrissements stridents. Ils levèrent la tête et leurs trompes roulèrent en arrière comme des fouets prêts à frapper. Ils commencèrent à entrechoquer leurs défenses, et le claquement de l'ivoire retentit dans la forêt. Puis chacun tendit sa trompe contre le front de l'autre, et ils se mirent à pousser, avançant et reculant tour à tour en une gigantesque épreuve de force.

Aucun des deux ne vit le bébé éléphant qui s'était approché d'eux. Il s'était éloigné de sa mère et avait marché vers eux, attiré par leur combat. Le plus grand des deux jeunes mâles, titubant en arrière, heurta accidentellement l'éléphanteau avec son énorme patte. Le cri perçant du bébé attira sa mère, une imposante matriarche qui fonça à travers la clairière en poussant de furieux barrissements.

Les deux mâles se retournèrent, et l'un d'eux percuta alors la tête de l'autre avec le bout pointu de sa défense, entaillant profondément la peau sensible tout près de l'œil.

L'éléphant blessé poussa un rugissement, secoua la tête et se mit à piétiner le sol tout autour de lui. La mère du bébé l'écarta avec impatience, atteignit son petit avec sa trompe, le ramena tendrement contre elle et le sortit de cet endroit dangereux. Puis, furieuse, plus imposante que jamais, elle fit face aux deux jeunes mâles, faisant claquer ses oreilles et remuant la tête d'un air menaçant... **"**

Découvrez un extrait de…

RHINOCÉROS EN DANGER

Safari nature n°4

❝ La brume de rosée matinale s'était déjà évaporée, mais la fraîcheur de l'aube modérait encore la température. Une brise légère agitait les feuilles clairsemées des acacias et faisait bruire les buissons.

Dans les collines majestueuses résonnaient aussi d'autres échos, le pépiement d'une volée d'étourneaux, parfois le cri d'un babouin et, au loin, le grondement des camions qui défilaient sans cesse sur la grande route.

Le rhinocéros avait bien mangé durant la nuit et, avant l'aurore, il avait entrepris de faire le tour de son territoire. Il recommençait le même parcours chaque jour. Inspectant ses buissons favoris, il prenait le bout des jeunes pousses dans sa gueule avec sa lèvre supérieure mobile, et les arrachait d'un coup de dent. Il marquait soigneusement son territoire, déposant son odeur pour les autres rhinocéros et, avec beaucoup d'attention également, il essayait de flairer le passage d'un autre membre de son espèce.

Il ne repéra rien de particulier. Rien n'avait changé depuis plusieurs saisons maintenant. Il était seul.

Il gagna l'épais bouquet de buissons où il passait toujours la plus chaude partie de la journée et s'installa dans sa position habituelle, debout, bien à l'ombre, une patte antérieure un peu en avant et sa tête, munie de deux grandes cornes, baissée, au repos. Même le merle métallique – l'oiseau au bec rouge qui vivait sur son dos et se nourrissait de ses parasites –, en principe toujours actif, se reposait.

Sur la route, tout en bas dans la vallée, un camion pétarada deux fois, et les ratés du moteur résonnèrent comme une salve de tirs. Le rhinocéros agita la tête de haut en bas, rageusement, comme s'il chargeait un ennemi fantôme. Il avait déjà entendu ce genre de bruit, il y a longtemps, et même une fois de très, très près. Il était encore jeune à l'époque, récemment sevré et séparé de sa mère. Et, un jour, il avait retrouvé son corps couvert de sang, reposant inerte sur le sol. A côté d'elle un bébé, sa sœur, couinait misérablement. Il avait tourné autour d'elles un moment, en donnant de petits coups de museau au cadavre de sa mère. Avec ses yeux myopes, il avait découvert d'étranges moignons sur sa tête, là où ses cornes avait été sauvagement sciées... **"**

Maquette : Aubin Leray

Loi n° 49-956 du 16 juillet 1949
sur les publications destinées à la jeunesse
ISBN 2-07-054629-2
Dépôt légal : mai 2001
Numéro d'édition : 99582
Numéro d'impression : 55581
Imprimé sur les presses de la Société Nouvelle Firmin-Didot